BOOKS BY FRANCE DUBIN

- Meurtre rue Saint-Jacques
- Meurtre avenue des Champs-Élysées
- Meurtre à Montmartre
- Meurtre au château
- Meurtre à Noël
- Meurtre en Provence
- Meurtre au Champagne
- Merde, It's Not Easy to Learn French
- Merde, French is Hard... but Fun!
- Merde, I'm in Paris!
- Petit déjeuner à Paris
- Déjeuner à Paris
- Dîner à Paris
- Une famille compliquée

Visit her author page at francedubin.com.

Amour à Nice

FRANCE DUBIN

ISBN: 978-1-960003-11-9 (paperback)
978-1-960003-12-6 (e-book)

20260522

TABLE DES MATIÈRES

ACKNOWLEDGMENTS

Je voudrais remercier mon mari Joe Dubin, Christophe Blond, Geri LaJoie, Julie Romens, et tous mes étudiants.

INTRODUCTION

I hope you enjoy this book! I also recommend the companion audiobook version so you can learn how to pronounce this beautiful language correctly. For information on where to buy the audiobook, visit my website at francedubin.com. Merci beaucoup et bonne lecture !

France Dubin

francedubinauthor@gmail.com
facebook.com/FranceDubinAuthor
Instagram: @books.in.easy.french

AMOUR À NICE

CHAPITRE I

Alexandra est en pyjama. Elle regarde par la fenêtre de sa chambre, une tasse de thé froid dans la main. Il est 14 h. Elle observe le ciel. Les nuages avancent lentement.

— Qu'est-ce que je vais faire aujourd'hui ? se demande-t-elle.

Un avion traverse le ciel. Il va vers l'Est, vers l'Europe.

— Je pourrais m'occuper du jardin. Il est dans un état déplorable.

Cela fait deux mois qu'Alexandra n'a pas mis les pieds dans son jardin. Les mauvaises herbes ont envahi l'espace. La table de jardin est recouverte de feuilles mortes. Le rosier, un cadeau de Philip pour leur vingtième anniversaire de mariage, ne donne plus de fleurs depuis longtemps.

— Je suis fatiguée. Le jardin peut attendre, dit-elle.

Quand Alexandra travaillait, elle passait le week-end dans son jardin. C'était une façon de se déstresser, une façon de penser à autre chose. Elle aimait planter de jolies fleurs et écouter les oiseaux chanter.

Mais depuis qu'Alexandra a arrêté de travailler, elle a perdu son énergie et son goût pour la vie.

Dr Alexandra Morris est gynécologue obstétrique. Non, Dr Alexandra Morris était gynécologue obstétrique à l'hôpital Méthodiste de Dallas, Texas.

Il y a huit mois, elle a tourné la page. À 58 ans, elle a décidé de donner sa démission. Elle a pris sa retraite anticipée. Les longues heures de travail et la situation des droits reproductifs des femmes au Texas l'ont poussée à arrêter. Elle a jeté l'éponge. Elle a rendu ses gants... de latex.

Dr Morris pense parfois qu'elle a arrêté son métier un peu trop vite. Elle n'a pas pensé un instant à ce qu'elle allait faire après. Comment est-ce qu'elle allait passer ses journées ?

Un matin, Dr Morris a écrit une liste d'activités possibles sur un petit carnet.

1. Reprendre des leçons de français.

Alexandra a appris le français à l'université, mais elle a dû abandonner quand elle a commencé l'école de médecine. Cela serait une bonne idée de réapprendre cette jolie langue. En plus, sa fille Bianca passe un an à Paris dans le cadre de ses études.

2. Prendre des cours de cuisine.

Alex n'a jamais été très bonne cuisinière, pourtant elle adore manger.

3. Faire du sport. Du yoga ? Du tennis ?

Dr Alexandra Morris a maintenant le temps de prendre soin d'elle. Avoir une activité physique est important pour sa santé mentale.

Elle retourne vers son lit. Elle boit un peu de thé froid. Sa vie de jeune retraitée lui offre beaucoup de possibilités. Malheureusement, rien ne la passionne. Alexandra est déprimée.

EXERCICE DU CHAPITRE 1

Dans ce chapitre, nous faisons la connaissance du Dr Alexandra Morris. Avant de prendre sa retraite, Dr Morris travaillait à l'hôpital Méthodiste de Dallas au Texas.

Pouvez-vous écrire la traduction des onze mots suivants ?

1. une coloscopie
2. la tension artérielle
3. les poumons
4. la fièvre
5. une grippe
6. une ordonnance
7. une cicatrice
8. un médicament
9. les urgences
10. tousser
11. la colonne vertébrale

CHAPITRE 2

Alexandra voit son téléphone vibrer sur la table de nuit. Son amie Jessica l'appelle pour la troisième fois de la journée. Cette fois, elle décide de lui répondre.

— Salut Jessica. Comment vas-tu ?

— Bonjour Alexandra. Je vais très bien. Et toi ?

— Je vais très bien aussi.

— J'ai essayé de t'appeler plusieurs fois hier et aujourd'hui.

— Je suis super occupée, dit Alex. Je n'ai pas dû entendre mon téléphone.

Alexandra se lève lentement de son lit et marche jusqu'à la salle de bain.

— Qu'est-ce que tu fais cet après-midi ? lui demande son amie.

— Je vais sortir faire quelques courses. Il n'y a presque plus rien dans mon frigo. Pourquoi ?

Alexandra se regarde dans le miroir. Ses longs cheveux bruns ne sont pas coiffés. Elle pense qu'elle ressemble de plus en plus à son père et cela lui donne le cafard.

— Je t'appelle, dit Jessica, parce que j'ai organisé un match de tennis cet après-midi. Mais Natalia est malade. Elle ne peut pas venir. Nous sommes seulement trois. Il manque une personne pour faire un double. Tu viens ? J'ai besoin de toi, ma belle.

— C'est très gentil…, commence Alex.

Alexandra soupçonne son amie d'avoir inventé cette histoire de double au tennis pour la faire sortir de chez elle.

— C'est très gentil, répète Alex, merci d'avoir pensé à moi, mais je ne peux pas. Je suis très occupée aujourd'hui. Il faut que je m'occupe de mon jardin, que je dépose ma voiture au garage et que je range ma cuisine…

Il y a un silence de quelques secondes.

— Ta maison et ta voiture peuvent attendre, reprend

Jessica. Allez, viens avec nous. Cela va te faire du bien de faire un peu de sport et de t'amuser.

— J'ai aussi un petit torticolis, ajoute Alex. Je pense que j'ai pris une mauvaise position en dormant cette nuit.

Dr Morris n'a vraiment pas envie de socialiser ces derniers temps.

— Tu as toujours de bonnes excuses, dit Jessica d'une voix un peu triste.

— Je ne peux vraiment pas, dit Alex.

— Tu es sûre que tu ne veux pas venir ? Un double de tennis ? On va bien s'amuser.

— J'en suis certaine.

— Alors, je te laisse, Alex, mais tu dois me promettre une chose.

— Ah oui ? Quoi ?

— Tu dois me promettre que la prochaine fois que je te propose quelque chose, tu vas me dire « oui ».

— C'est d'accord, je vais dire oui. Je te le promets, dit Alex.

— Je t'appelle bientôt, ma belle, dit Jessica avant de raccrocher.

Une fois la conversation terminée, Alexandra s'habille lentement. Comme hier, elle met son vieux pantalon de jogging et un t-shirt gris. Elle attache ses longs cheveux avec un élastique.

Elle va ensuite dans le salon. Elle attrape le magazine de Sudoku qu'elle a acheté il y a trois semaines, et elle se laisse tomber dans le canapé.

EXERCICE DU CHAPITRE 2

Jessica invite son amie Alexandra à participer à un match de tennis.

Pouvez-vous finir ces phrases avec la bonne préposition : « à », « de » ou « d' » ?

1. Jessica pense souvent _____ son amie.

2. Elle se souvient _____ son séjour _____ l'hôpital.

3. Alexandra est fatiguée. Elle a besoin _____ repos.

4. Jessica a téléphoné plusieurs fois ____ Alexandra.

5. Jessica demande ______ son amie _____ jouer au tennis.

6. Dr Morris rêve ____ jours meilleurs.

7. Alex promet ____ Jessica ____ accepter sa prochaine proposition.

8. Jessica conseille ____ son amie de sortir un peu et ___ voir du monde.

CHAPITRE 3

Une semaine plus tard, Alexandra est dans le jardin quand elle reçoit un appel de son amie Jessica.

— Salut Alex, je ne te dérange pas ? Je ne t'ai pas réveillée de ta sieste ?

— Tu ne me déranges jamais, mon amie. Quoi de neuf, Jess ?

La voix d'Alexandra est un peu rauque. Elle n'a pas parlé avec un autre être humain de toute la journée.

— Alex, tu m'as promis que tu dirais « oui » à ma prochaine proposition. Tu t'en souviens ?

— Je m'en souviens très bien.

— Eh bien, j'ai une proposition à te faire.

— Je t'écoute.

— Je te propose de partir avec moi en France !

— Quoi ? dit Alexandra surprise. En France ?

Alexandra pensait que son amie allait l'inviter au restaurant, à un concert ou peut-être voir un spectacle des Chippendales, qui sont à Dallas en ce moment. Mais un voyage en France !

— Je dois participer à une conférence internationale sur l'intelligence artificielle, continue Jessica. Viens avec moi ! Je vais travailler pendant la journée, mais on dînera ensemble tous les soirs. Tu vas voir, ce voyage va te changer les idées.

Alexandra reste silencieuse quelques instants. Elle a besoin de digérer cette proposition.

— La France… dans quelle ville se passe ta conférence ?

Alexandra espère que la conférence se passera à Paris. Sa fille Bianca étudie l'histoire à la Sorbonne depuis deux ans. Cela lui donnera l'occasion de la voir.

— La conférence va se dérouler dans le sud de la France, à Nice exactement. Je n'ai jamais visité cette ville, mais je crois qu'elle est très jolie. Nice est sur la mer Méditerranée.

— Combien de jours ?

— Quatre ou cinq jours.

Alexandra se sent tellement fatiguée. Déjà, cela lui a demandé des efforts d'aller dans le jardin. Elle ne peut pas imaginer voyager à l'international. Cela est au-dessus de ses forces.

— Je ne sais pas si mon passeport est valide, dit Alex.

— Ne commence pas à chercher des excuses. Je sais très bien que ton passeport est valide. Tu es partie au Chili l'année dernière.

— C'est vrai, j'avais oublié.

C'est le dernier voyage qu'elle a fait avec Philip avant leur divorce. Ce voyage paraît si loin aujourd'hui.

— J'ai des rénovations à faire dans ma cuisine. Je ne sais pas si je peux m'absenter si longtemps.

— Ta cuisine peut attendre, dit Jessica.

Pendant trente secondes, les deux amies restent silencieuses.

— Alex, tu m'as promis que tu dirais « oui », reprend Jessica. Tu n'as pas le choix. Nous partons dans trois semaines. Commence à préparer ta valise et, s'il te plaît, n'emporte pas ton vieux jogging gris. Fais-moi plaisir, mets-le dans la poubelle et va faire un peu de shopping pour quelques vêtements sexy.

— J'adore ce jogging. Je ne vais pas le mettre dans la poubelle ! dit Alexandra avant de raccrocher le téléphone.

Maintenant, Alexandra est piégée. Elle va devoir aller cinq jours en France. Une personne normale serait trop contente de cette proposition de voyage, mais pas elle. Elle préfèrerait rester tranquillement sur son canapé à regarder les avions qui passent. Qu'est-ce qu'elle va faire pendant cinq jours à Nice ?

Alexandra a une idée. Peut-être que sa fille Bianca voudrait l'accompagner ? Paris n'est pas très loin de Nice. Cela pourrait être sympa de passer quelques jours avec sa fille. Bianca et elle ne se parlent plus beaucoup depuis le divorce.

Alexandra regarde sa montre. Il est 19 h en France. Elle décide d'appeler sa fille immédiatement. Après 5 sonneries, Alexandra entend la voix de sa fille.

— Maman ? Tout va bien ?

— Bonjour ma fille. Tout va bien. Et toi ? Comment va ta vie à Paris ?

— Ma vie ? Bonne question. Je suis super stressée. Je suis

en retard pour mon projet d'étude. Je n'ai pas encore décidé de mon sujet de thèse. Et pourquoi m'appelles-tu ?

Alex regarde le rosier qu'elle vient de planter. Il n'est pas tout à fait droit.

— Je t'appelle parce que Jessica vient de m'inviter en France pour quelques jours.

— Vraiment ? dit Bianca. Elle est sympa ta copine.

— Est-ce que tu voudrais venir passer quelques jours avec moi à Nice ? Jessica va travailler et je vais être seule pendant la journée.

Bianca ne répond pas tout de suite.

— C'est impossible, maman, dit Bianca. Je viens de te dire que je suis en retard dans mes études. Et toi, tu me proposes de t'accompagner à Nice parce que tu as peur d'être seule pendant la journée !

— J'ai envie de te voir, Bianca.

— Alors, pourquoi tu ne viens pas à Paris ?

Alex a besoin de quelques secondes avant de répondre. Sa fille a raison, mais un voyage, seule jusqu'à Paris, lui semble trop difficile en ce moment. Elle a déjà du mal à s'habiller le matin.

— Écoute, je vais demander à Jessica de réserver une chambre avec deux grands lits. Si tu changes d'avis, tu seras la bienvenue. D'accord ?

— Je ne changerai pas d'avis maman, dit Bianca. J'ai trop de choses à faire. Amuse-toi bien avec ton amie. Au revoir.

EXERCICE DU CHAPITRE 3

Alexandra va aller à Nice en France avec son amie Jessica. Toute personne normale serait contente de voyager en France, mais pas elle.

Pouvez-vous écrire la forme masculine de ces adjectifs ?

Exemple : contente – content

1. jalouse
2. sportive
3. égoïste
4. curieuse
5. gentille
6. sérieuse
7. vieille
8. jeune
9. fatiguée
10. douce

CHAPITRE 4

Alexandra est assise dans l'avion à côté de son amie Jessica. Cela fait cinq heures que l'avion a décollé. Il fait nuit dehors. Alex doit fermer les yeux et essayer de dormir, mais elle ne peut pas. Elle pense à sa fille.

— Je suis un peu triste. La relation entre Bianca et moi est très difficile depuis mon divorce. Nous nous sommes encore disputées l'autre jour.

Jessica pose sa main sur le bras de son amie.

— N'y pense plus. Bianca est très stressée en ce moment. Ce n'est pas une période facile pour elle. Elle étudie seule à Paris. Elle est très courageuse.

— Tu as raison, admet Alexandra.

— Tu veux un peu de champagne ? lui demande son amie pour la sortir de ses idées noires.

— Avec plaisir.

C'est la troisième coupe de champagne qu'Alexandra boit dans l'avion. Sa tête tourne un peu.

— C'est la dernière coupe pour aujourd'hui, dit Alexandra.

— Parfait, parce que nous sommes déjà demain, dit Jessica en lui montrant le soleil qui se lève déjà à l'est.

Alexandra sourit à son amie.

— Merci, Jess, de m'avoir proposé ce voyage. C'est une bonne idée même si c'était un piège.

— Qu'est-ce que tu veux dire « un piège » ? lui demande Jessica.

— Quand tu m'as dit que je devais dire « oui » à ta prochaine proposition, je suis sûre que tu pensais déjà à ce voyage.

— Tu me connais bien, dit Jessica en riant.

Les deux amies se connaissent depuis qu'elles sont enfants. Elles habitaient dans la même rue dans la banlieue sud de Fort Worth. Elles sont restées en contact toute leur vie.

Adolescentes, elles sont allées au lycée ensemble et plus tard elles ont été admises dans la même université à Austin au Texas. Alexandra est entrée à l'école de médecine et Jessica a fait un master en informatique. Pendant ces années-là, elles habitaient ensemble dans un petit appartement au 24 rue Nueces.

Quand Alexandra a épousé Philip, Jessica était sa témoin. Deux mois plus tard, quand Jessica a épousé Max, Alexandra était sa témoin.

Elles ont eu toutes les deux leurs enfants presque en même temps.

Alexandra et Philip ont eu une fille, Bianca, qui a maintenant 26 ans. Les deux fils de Jessica et Max s'appellent Elliott et George. Ils ont 27 ans et 25 ans et travaillent tous les deux dans une banque à Manhattan.

Mais aujourd'hui, les vies de ces deux amies semblent avoir suivi des trajectoires différentes. Premièrement, parce qu'Alexandra et Philip ont divorcé alors que Jessica et Max sont toujours mariés. Et deuxièmement, parce qu'Alexandra a pris sa retraite anticipée alors que Jessica continue de travailler.

EXERCICE DU CHAPITRE 4

Dans ce chapitre, Alexandra **a parlé** de sa relation difficile avec sa fille Bianca.

Pouvez-vous compléter ces phrases en mettant les verbes au passé composé ?

1. Dr Alexandra Morris __________ du champagne dans l'avion. (boire)

2. Alexandra ___________ sa retraite. (prendre)

3. Jessica __________ un piège à son amie. (poser)

4. Elles ___________ en contact toute leur vie. (rester)

5. Alex ___________ à Austin au Texas. (habiter)

6. Jessica et Alex __________ ensemble. (vivre)

7. Dr Morris __________ la médecine. (étudier)

8. Alexandra __________ vivre dans un petit appartement. (aimer)

CHAPITRE 5

Il est 10 h du matin. Le ciel et la mer Méditerranée sont bleus. Il est difficile de les distinguer l'un de l'autre. C'est magnifique.

L'avion longe la côte. La ville de Nice apparaît.

— La première fois que je suis allée en Europe, c'était pour mon voyage de noces, dit Alexandra avec nostalgie. Philip et moi n'avions pas beaucoup d'argent et nous avons dormi dans des auberges de jeunesse.

— Dieu merci, nous avons passé l'âge de dormir dans des auberges de jeunesse ! dit Jessica. Moi, je vais en Europe seule tous les ans pour le travail. Mais Max n'aime pas voyager. Il veut passer toutes ses vacances chez ses parents dans le Montana.

L'avion commence sa descente vers l'aéroport de Nice. Une voix féminine demande aux passagers de vérifier que les ceintures sont bien attachées, de relever les dossiers des sièges et les tablettes.

— Tu as visité quels pays en Europe ? demande Jessica.

— Avec Philip, nous sommes allés en Espagne, en Pologne, en Finlande, au Portugal et en Suisse.

— Alors, c'est la première fois que tu vas en France ?

— Absolument, je n'y suis jamais allée. C'est amusant parce que j'ai fait plusieurs années de français à l'université et que Bianca habite maintenant à Paris. Mais je n'ai jamais mis les pieds dans ce pays.

La voix féminine donne des informations sur les correspondances vers d'autres destinations à partir de l'aéroport de Nice. Dans 36 minutes, un avion va décoller pour la Corse. Un peu plus tard, un autre partira pour la Sardaigne.

— Je suis contente que tu m'accompagnes, dit Jessica. C'est un peu court cinq jours, mais nous allons en profiter.

— Je suis heureuse d'être avec toi, Jess. Sans toi, je serais encore dans mon jardin à vérifier la position de mon rosier.

— Tu verras, tu vas adorer la Riviera avec ses beaux paysages, sa cuisine à base d'huile d'olive...

— Et le rosé bien frais.

— Et la mer Méditerranée.

Les roues de l'avion touchent le sol. Quelques personnes applaudissent.

— Philip et moi avions prévu de faire une croisière sur la Méditerranée pour notre 35e anniversaire de mariage, dit Alexandra d'une voix triste, mais cela ne s'est jamais fait.

— Mais pourquoi ? demande Jessica.

— Philip a fait la connaissance de Claudia quelques semaines avant notre date de départ pour la croisière. Il a rencontré cette belle cardiologue italienne et ça a été la fin de notre croisière et de notre mariage.

Alexandra regarde par la fenêtre de l'avion. Jessica voit une larme couler sur le visage de son amie.

— Maintenant je suis contente d'être seule, dit Alexandra. Philip et moi n'avions pas une très bonne relation ces dernières années. Nous n'avions plus les mêmes objectifs.

L'avion roule sur le tarmac.

— Est-ce que tu aimerais rencontrer un autre homme ? demande Jessica.

— Mon Dieu ! Absolument pas, répond Alexandra. J'aimerais mieux me casser une jambe.

EXERCICE DU CHAPITRE 5

Alexandra et Jessica arrivent à Nice. Et vous, pouvez-vous mettre ces nombres dans l'ordre croissant (du plus petit au plus grand) ?

a. soixante
b. seize
c. cinquante
d. vingt-quatre
e. dix-neuf
f. soixante-dix-neuf
g. quinze
h. quatorze
i. quatre-vingts
j. quarante
k. quatre-vingt-onze

CHAPITRE 6

Il est 13 h quand les deux amies arrivent à leur hôtel.

— On met les valises dans nos chambres et on part explorer la ville. Tu es d'accord ? Il ne faut pas dormir. C'est essentiel pour se mettre à l'horaire local.

— Donne-moi juste dix minutes, Jess. J'aimerais prendre une petite douche et changer de vêtements.

— Très bien. Alors rendez-vous à la réception dans 10 minutes environ.

Alexandra entre dans sa grande chambre d'hôtel. Elle pose sa valise à côté de la porte. Elle enlève ses chaussures et se laisse tomber sur un des deux lits.

— Quel plaisir d'être enfin allongée ! Mais attention, il ne faut pas que je dorme.

Alexandra regarde autour d'elle. La chambre est spacieuse et de style moderne. Les murs sont couleur sable. Sur le bureau, un petit bouquet de fleurs jaunes et rouges apporte une touche de gaité.

Alexandra se lève et elle ouvre les rideaux. Elle est agréablement surprise de découvrir que sa chambre a une vue mer.

— Que c'est beau ! dit-elle émerveillée. C'est vraiment dommage que Bianca ne profite pas de cette chambre.

Après une petite douche, elle enfile une robe. Elle met un foulard autour de son cou. Elle attache ses longs cheveux en queue de cheval. Elle cherche ses lunettes de soleil et descend retrouver Jessica à la réception.

— Ma chambre est magnifique. La vue par la fenêtre est sublime. Tu m'as vraiment gâtée, Jess. Merci.

— Rien n'est trop beau pour ma meilleure amie.

Jessica prend son amie par le bras.

— J'ai hâte de découvrir la ville.

— Allons dans cette direction, dit Alexandra. Je pense que l'on va voir de belles choses.

Les deux amies sortent de l'hôtel et marchent en direction du Vieux-Nice.

— En dix minutes, j'ai entendu de l'anglais, de l'italien, du russe et de l'espagnol, dit Jessica.

— Nice est vraiment une destination touristique.

Dans le Vieux-Nice, les deux amies sont émerveillées par les façades colorées des immeubles. Il y a du jaune, de l'orange, du rouge.

— Ces couleurs me font un peu penser à Santa Fe, dit Alexandra.

— Tu as un peu raison ! dit Jessica, mais l'architecture est complètement différente.

Les deux amies s'arrêtent dans de nombreuses boutiques : une boutique de savons à l'huile d'olive, une boutique d'épices, une boutique de lavandes... Dans une de ces petites boutiques, Alex achète un foulard aux couleurs de la Méditerranée.

— Encore un foulard ? se moque Jessica qui connaît l'obsession de son amie pour les carrés en soie.

— Je suis accro aux foulards. Je les adore.

Les deux Américaines arrivent maintenant sur une place. Devant elles, il y a un énorme marché de fleurs, mais aussi de fruits et de légumes.

— Nous sommes Cours Saleya, dit Jessica en regardant son guide touristique.

— Ça sent si bon. Et je commence à avoir faim.

— Allons manger, lui répond son amie.

Dix minutes plus tard, elles sont assises à la terrasse d'un petit restaurant familial.

— Je ne sais pas pourquoi, mais je pense que ce voyage va changer ta vie, dit Jessica en regardant son amie.

Alexandra ne répond pas. Elle est trop concentrée sur la lecture du menu.

EXERCICE DU CHAPITRE 6

Les couleurs sont très importantes dans le sud de la France. La mer est bleue. Les façades des immeubles sont jaunes.

Devinez ces couleurs grâce à ces indices :

1. ___________ comme la nuit et les corbeaux
2. ___________ comme les fraises et les tomates
3. ___________ comme les châtaignes et le bois naturel
4. ___________ comme les bananes et les citrons
5. ___________ comme la neige (propre) et le lait
6. ___________ comme l'herbe et les grenouilles
7. ___________ comme le ciel et la mer Méditerranée
8. ___________ comme le ciment et les toits de Paris

CHAPITRE 7

Les deux amies ont terminé leur déjeuner.

— C'était le meilleur repas que j'ai mangé cette année.

— La mousse au chocolat était absolument délicieuse.

— La salade était divine.

— Le rosé était merveilleux.

— J'ai déjà pris deux kilos ! dit Alexandra en touchant son ventre. Je pense que je ne vais pas manger ce soir.

— Moi non plus !

Alexandra et Jessica décident de retourner à l'hôtel. Elles ont besoin de marcher un peu pour digérer.

— Qu'est-ce que tu veux faire cet après-midi ? demande Jessica.

— Je ne sais pas encore, mais je pense peut-être m'asseoir à la terrasse d'un café. Je vais me reposer et lire un livre. J'ai hâte de commencer le livre en français que j'ai acheté.

— Moi, si je prends un livre, je m'endors tout de suite.

— Tu sais, dit Alexandra, quand j'ai parlé français avec notre serveur ce midi, cela m'a vraiment donné envie de me remettre sérieusement à étudier cette langue.

Jessica est heureuse d'entendre que son amie a des projets pour le futur. Peut-être qu'Alexandra va retrouver sa joie de vivre ?

— Comment s'appelle le livre en français que tu vas lire ? demande Jessica.

— *Meurtre en Provence* par France Dubin.

— Très à propos !

Devant leur hôtel, une luxueuse Mercedes noire vient de se garer. Une femme élégante et son petit chien blanc miniature sortent de la voiture.

— Et toi, Jess, qu'est-ce que tu vas faire cet après-midi ?

— Si je ne veux pas dormir, je dois rester au soleil. Je pense que je vais aller me faire bronzer sur la plage.

— C'est une bonne idée !

Les deux femmes regardent vers la mer.

— Je vais m'installer sur un des transats réservés aux clients de l'hôtel, ajoute Jessica.

— Tu vas d'abord dans ta chambre ?

— Non. Je n'en ai pas besoin. J'ai mon maillot de bain sous ma robe.

— Comme toujours, tu es bien organisée.

Les deux amies se séparent. Jessica traverse la Promenade des Anglais. Elle fait un signe à son amie qu'elle a trouvé un transat disponible. Elle ouvre son sac et en sort des lunettes de soleil et un tube de crème solaire.

— À ce soir ! crie Alexandra de l'autre côté de la rue.

Bien sûr, entre le bruit des vagues et de la circulation, Jessica ne l'a pas entendue.

Après avoir enlevé sa robe, ses sandales et le haut de son maillot de bain, Jessica s'allonge confortablement sur le transat. Elle met ses lunettes de soleil et commence à passer de la crème protectrice sur ses bras et sur sa poitrine.

Alexandra est surprise de voir que son amie va bronzer les seins nus.

— Elle a raison, se dit Alex, à Nice, fais comme les Niçoises !

EXERCICE DU CHAPITRE 7

Nice est une ville exceptionnelle avec sa mer bleue et son soleil. C'est la ville parfaite pour passer quelques jours paradisiaques. Mais, chers lecteurs et chères lectrices, avant de partir en vacances à Nice, vous devez travailler un peu. Savez-vous si ces mots sont féminins ou masculins ?

1. le ou la... mer
2. le ou la... plage
3. le ou la... sable
4. le ou la...vague
5. le ou la... crème solaire
6. le ou la... verre d'eau
7. le ou la... soleil
8. le ou la... parasol
9. le ou la...serviette de bain
10. le ou la...maillot de bain

CHAPITRE 8

Alexandra a passé une très bonne première nuit dans cet hôtel. Elle s'étire dans son lit. Elle se lève et ouvre les rideaux. Comme hier, la mer et le ciel sont d'un bleu intense.

— Quelle vue magnifique ! dit-elle.

Elle jette un coup d'œil sur son téléphone. Il est déjà 10 h 30 du matin. Elle remarque qu'à 8 h 45, Jessica lui a envoyé un texto.

> J'espère que tu as bien dormi. Je pars travailler. On se retrouve ce soir au restaurant de l'hôtel. Amuse-toi et profite !

Alexandra se prépare un café dans sa chambre. Elle mange quelques amandes qu'elle avait placées dans son sac avant de partir en France.

— Pas de croissant pour moi ce matin, dit-elle.

Alexandra prend sa douche et s'habille rapidement. Elle sort de sa valise une jupe et un vieux t-shirt vert.

— Quelle partie de la ville est-ce que je vais visiter aujourd'hui ? dit-elle en ouvrant le petit guide touristique qu'elle a trouvé sur le bureau de sa chambre.

Elle tombe, page 21, sur de belles photos d'immeubles Art déco.

— C'est décidé. Je vais me promener dans le quartier des Musiciens.

Alexandra prend son sac à main. Elle y met son téléphone portable, chargé à 92 %, et elle sort de l'hôtel.

— Croisons les doigts. Je ne veux pas me perdre ! dit-elle pour se donner du courage.

Quelques rues plus loin, elle remarque une jolie boutique spécialisée en savon.

— Bonjour, dit Alexandra en poussant la porte.

— Bonjour, répond la vendeuse derrière le comptoir.

— Je ne sais pas pourquoi je suis entrée dans votre

boutique. Je n'ai pas besoin de savon, mais ils sont si jolis et ils sentent tellement bon.

— On ne peut jamais avoir assez de savons, plaisante la vendeuse.

— C'est vrai, dit-elle, et ils font de bons cadeaux.

Quelques rues plus loin, Alexandra pousse la porte d'une autre boutique. Cette fois, c'est une boutique de vêtements. Elle regarde les chemises et les pulls. Plus loin, un sac retient son attention.

— Comment appelez-vous cette couleur ? demande-t-elle à la jeune vendeuse.

— Cette couleur s'appelle jaune poussin. Elle est très à la mode en ce moment.

— Vraiment ? Et quoi d'autre est à la mode en France en ce moment ?

— Ces robes en coton sont très à la mode.

— Elles sont splendides, dit Alex en touchant le tissu.

— Vous voulez en essayer une ?

— Pourquoi pas, répond-elle.

Alex entre dans la cabine d'essayage avec la robe. Elle retire sa jupe et son t-shirt. Elle fait attention à ne pas se regarder dans le miroir. Elle se trouve un peu grosse en ce moment. Elle doit se remettre à faire du sport.

Quelques secondes plus tard, Alex sort de la cabine d'essayage.

— Et voilà ! dit-elle souriante.

La vendeuse applaudit.

— Cette robe vous va très bien, dit la vendeuse. Vous êtes ravissante.

— Elle n'est pas trop décolletée pour mon âge ?

— Pas du tout. Vous avez une très belle poitrine. Il faut la montrer.

— La robe n'est pas trop courte ?

— Mais non ! Vous avez la chance d'avoir de longues et belles jambes. Il faut les montrer.

Grâce à cette nouvelle robe, Alex se sent différente. C'est difficile à expliquer. Avec sa jupe et son t-shirt vert, Alex se trouvait trop vieille, mais maintenant elle se sent plus jeune et sexy. Elle décide de garder ses nouveaux vêtements sur elle et de laisser sa vieille jupe et son t-shirt dans la poubelle de la boutique.

— Après tous ces achats, j'ai faim ! C'est vrai que je n'ai mangé que quatre amandes ce matin. Et il est déjà 13 h. Le temps passe vite quand on fait du shopping.

Entre la rue Rossini et la rue Verdi, Alex s'arrête devant une boulangerie.

— Bonjour, madame. Qu'est-ce que vous désirez ? demande la boulangère.

— Je voudrais une quiche aux légumes, s'il vous plaît.

Alexandra se souvient que Jessica lui a écrit : « Profite. »

— Est-ce que je pourrais avoir aussi une tarte aux fraises et un éclair au chocolat, s'il vous plaît ?

EXERCICE DU CHAPITRE 8

Dans ce chapitre, Alexandra entre dans une boutique de vêtements à la mode. Elle aime particulièrement une robe couleur « jaune poussin. » Un poussin est le petit **d'une poule**.

Pouvez-vous trouvez le nom des parents de ces bébés animaux ? Mettez *un* ou *une* suivi par le nom de l'animal adulte. Exemple :

Un poussin est le petit d'**une poule.**

1. Un poulain est le petit d'_______________.

2. Un chiot est le petit d'_______________.

3. Un renardeau est le petit d'_______________.

4. Un chaton est le petit d'_______________.

5. Un lapereau est le petit d'_______________.

6. Un veau est le petit d'_______________.

7. Un caneton est le petit d'_______________.

8. Un lionceau est le petit d'_______________.

9. Un agneau est le petit d'_______________.

10. Un ourson est le petit d'_______________.

CHAPITRE 9

Après le déjeuner, Alexandra se promène dans les rues du quartier des Musiciens. Toutes les rues de ce quartier portent des noms de musiciens célèbres.

— Rue Mozart, rue Vivaldi... Cela serait amusant de créer une liste de musiques des compositeurs du quartier des Musiciens : *Les Quatre Saisons* de Vivaldi, l'*Ave Maria* de Gounod, *La Traviata* de Verdi, *La Flûte enchantée* de Mozart...

Rue Berlioz, Alexandra passe devant un coiffeur. Elle pousse la porte sans savoir exactement pourquoi.

— La boutique est fermée, madame, lui dit une jeune femme un sandwich à la main.

— Je suis désolée.

La femme pose son sandwich.

— Attendez, madame ! C'est pour une coupe ou une couleur ? Parce que si c'est pour une couleur, je n'ai pas le temps, mais si c'est...

— Une coupe. Je voudrais changer de tête. Je voudrais couper mes longs cheveux.

— Courts ?

— Oui, s'il vous plaît.

Alex montre une photo de l'actrice Audrey Tautou dans le film *Le Fabuleux Destin d'Amélie Poulain*.

— Couper comme cela avec une petite frange. C'est possible ?

— Bien sûr ! répond la coiffeuse enthousiaste.

— Adieu, mes longs cheveux !

Une heure plus tard, Alexandra est complètement transformée.

— Vous aimez ? demande la coiffeuse, inquiète.

— J'adore ! répond Alexandra. C'est exactement ce que je voulais.

— Vous avez rajeuni de dix ans, madame.

Alex laisse un gros pourboire à la coiffeuse.

— Merci encore, dit-elle en sortant de la boutique.

Avec ses nouveaux vêtements et sa nouvelle coupe de cheveux, Alex se sent très jolie. C'est comme si c'était une femme différente. La femme déprimée de Fort Worth n'existe plus.

— Je me demande si Jessica va me reconnaître ? se demande Alex.

Elle passe la main dans ses cheveux courts et elle se sent libre. Tout est beau ici. Il y a des fleurs sur les balcons des immeubles.

— La vie passe si vite qu'il faut en profiter, pense Alexandra. Nice est la ville parfaite pour renaître à la vie.

Un peu plus loin, Alexandra découvre une boutique d'antiquités. Elle voudrait trouver un cadeau original pour sa fille Bianca. C'est bientôt son anniversaire. Bianca adore l'histoire et les objets du passé.

Elle regarde la porte de la boutique. Une petite affichette indique que la boutique est fermée de midi à 14 h 30. Alex consulte sa montre. Il est 14 h 25. La boutique ouvre dans cinq minutes.

En attendant l'ouverture de la boutique, elle étudie les objets exposés dans la vitrine. Son regard est immédiatement attiré par une jolie boîte en bois. Dessus, on peut voir les lettres BJ.

— La boîte de Pandore, dit-elle à haute voix.

— Exactement, lui dit un homme juste derrière elle.

Alex sursaute.

— J'espère que je ne vous ai pas fait peur, madame.

L'homme sort de sa poche une clé et ouvre la porte de la boutique. Il se retourne vers Alex.

— Vous voulez entrer ?

EXERCICE DU CHAPITRE 9

Dans ce chapitre, Alexandra va chez le coiffeur pour changer de tête. Souvent, une jolie coupe de cheveux peut aider à se sentir mieux.

Voici une liste de vocabulaire des salons de coiffure. Pouvez-vous traduire ces mots dans le contexte d'un salon de coiffure ?

1. des ciseaux
2. une frange
3. un rasoir
4. une tondeuse
5. un peigne
6. un sèche-cheveux
7. un dégradé
8. une permanente
9. les racines
10. la laque

CHAPITRE 10

Alexandra hésite.

— Vous travaillez ici ? lui demande-t-elle.

Elle réalise immédiatement que sa question est idiote. Bien sûr qu'il travaille ici. Il a la clé de la boutique dans la main.

L'homme tient la porte.

— Je suis le propriétaire de ce magasin d'antiquités. Entrez, je vous en prie.

Il a des yeux bleu turquoise. Son visage est bronzé par le soleil de la Côte d'Azur. Il porte un pantalon et une chemise en lin. Alexandra est déstabilisée par le charme fou et le charisme de cet homme.

— Permettez-moi de vous aider, madame. Vous cherchez quelque chose de précis ?

— Je ne sais pas, dit-elle, je ...

Alex semble avoir perdu sa capacité à parler intelligemment. Elle est hypnotisée par le Français. Sa bouche est sèche. Son cœur bat plus vite. Pas besoin d'avoir fait une école de médecine pour reconnaître les signes évidents du coup de foudre et de l'attirance physique.

Alexandra reprend ses esprits.

— Je cherche un cadeau pour ma fille.

— Quel âge a votre fille ?

— 25 ou 26 ans... Je ne sais plus.

— Vous ne savez plus ? demande l'antiquaire, amusé.

— Elle a 26 ans, reprend Alexandra. Oui, 26 ans.

— J'ai des difficultés à le croire, vous semblez trop jeune pour avoir une fille de 26 ans.

Alex rougit. Elle ne sait pas quoi dire.

— J'ai peut-être une idée, dit-il.

L'homme disparaît quelques instants. Alexandra regarde

autour d'elle. Il y a des objets merveilleux partout. Chaque objet a une histoire, un passé.

— Je viens de recevoir ces magnifiques broches typiques des années 1830. Regardez, il y en a peut-être une qui pourrait plaire à votre fille.

Elle s'approche pour mieux voir. L'homme porte un parfum captivant, un mélange de vanille et de lavande. Alex a du mal à se concentrer.

— Je ne sais pas...

Alex ne s'intéresse plus aux broches. Elle observe les belles mains de cet homme. Il a de longs doigts de pianiste. Elle remarque aussi qu'il ne porte pas d'alliance.

Ce n'est pas possible. Est-ce que c'est la fatigue ? Le décalage horaire ? Le soleil ? L'air de la mer ? Alex frissonne. Elle aimerait que cet homme la prenne dans ses bras pour la réchauffer.

— Je ne sais pas si un bijou est une bonne idée pour ma fille, trouve-t-elle la force de dire. Elle en a déjà beaucoup.

— Alors, peut-être quelque chose pour ranger ses bijoux ? La boîte que vous avez vue dans la vitrine, peut-être ? ajoute-t-il.

— Oui, peut-être...

L'homme va chercher la boîte. Elle est environ de la taille d'une grande boîte à cigares. Elle est en bois de cerisier. Sur le dessus, de mignons petits anges sont peints à la main. Au-dessous des anges, on a sculpté les lettres BJ.

— Cette superbe boîte date du XVIIIe siècle, lui dit-il. L'intérieur est complètement recouvert de soie d'époque.

— C'est très beau. Il y a les lettres BJ sur la boîte. Ma fille s'appelle Bianca Jill.

— C'est parfait alors, continue-t-il. J'ai trouvé cette boîte quand nous avons vendu la maison de ma grand-mère. Cette boîte appartient à ma famille depuis très longtemps. Je suis content qu'elle trouve une nouvelle propriétaire.

— Vous ne voulez pas la garder en souvenir ?

— J'ai déjà beaucoup de tableaux et d'objets de ma famille, dit-il en souriant. Et puis, je ne suis pas vraiment amateur de boîte à bijoux.

C'est le cadeau parfait pour la fille d'Alexandra.

— Je vais l'acheter, dit-elle, sans demander son prix.

EXERCICE DU CHAPITRE 10

Alexandra Morris entre dans un magasin d'antiquités. La personne qui travaille dans ce type de magasin s'appelle un ou une antiquaire.

Voici une liste de magasins. Comment s'appellent les personnes qui travaillent dans ces magasins ? Attention, certains noms de métier ont une forme féminine et une forme masculine.

Une bijouterie : un bijoutier (m) et une bijoutière (f)

1. Une boucherie : ____________ et ____________

2. Une boulangerie : ____________ et ____________

3. Une poissonnerie : ____________ et ____________

4. Une épicerie : ____________ et ____________

5. Une pharmacie : ____________ et ____________

6. Une librairie : ____________ et ____________

7. Un salon de coiffure : ____________ et ____________

CHAPITRE II

Alex se réveille lentement. Il est 11 h du matin. Elle a mal à la tête.

— J'ai un peu trop bu de rosé hier soir, dit-elle en sortant péniblement de son lit.

Son amie Jessica et elle ont passé une excellente soirée. Elles ont parlé jusqu'à tard dans la nuit. Jessica était particulièrement enthousiaste. Elle riait beaucoup. Elle a félicité son amie pour sa nouvelle coupe de cheveux et ses nouveaux vêtements.

— Tu ressembles à cette actrice française. Comment elle s'appelle ? demande Jessica. Tu sais... une actrice très jolie. Elle était dans le film Da Vinci Code...

— Tu veux dire Audrey Tautou ?

— C'est ça !

Alex a aussi raconté à son amie sa rencontre avec le bel antiquaire français.

— Mon Dieu, lui a dit Jessica, tu as bien profité de ta journée. Je suis fière de toi. La prochaine fois, invite-le à prendre un verre à l'hôtel.

— J'aimerais beaucoup le revoir, mais je suis trop timide pour l'inviter.

Pas de doute, cette première journée à Nice a été un vrai succès.

Alex décide de commencer doucement sa journée. Elle prend une longue douche et s'habille. Ensuite, elle se prépare un thé.

Alex regarde le cadeau pour Bianca sur sa table de nuit.

— C'est vraiment une jolie boîte, dit Alex. Mais, je l'ai peut-être payée trop cher.

L'antiquaire lui a fait perdre la tête. Pour preuve, elle a acheté cette vieille boîte 1500 €. Elle n'a même pas cherché à négocier le prix.

— 1500 € pour une boîte ! Tu es complètement folle ! lui a dit Jessica hier soir. Tu n'as pas essayé de faire baisser le prix ?

— Il m'a raconté toute une histoire. Il a trouvé cette boîte dans la maison de sa grand-mère. Je n'ai pas eu le cœur de négocier le prix.

Alexandra ouvre la fenêtre de sa chambre. Il fait chaud. Au loin elle voit des gens s'amuser dans les vagues de la mer Méditerranée.

Alex verse de l'eau chaude sur un sachet de thé vert à la bergamote. Elle s'assoit ensuite sur le lit et regarde encore une fois la boîte.

— Quel bel objet ! dit-elle émerveillée.

Elle ouvre la boîte avec précaution. Alex caresse délicatement le tissu de soie bleu clair et s'arrête soudainement.

Elle vient de se souvenir d'un documentaire qu'elle a vu sur CNN au sujet de punaises de lit en France. Et si cette vieille boîte était infestée de ces petites bêtes ? Que dirait Bianca si elle lui offrait une boîte avec des punaises de lit ? Leur relation n'est déjà pas très bonne, alors là, ce serait la fin.

— Merde ! se dit-elle.

Sans réfléchir, Alex enlève d'un geste le tissu de soie à l'intérieur. Elle jette immédiatement le tissu dans la poubelle et va se laver les mains dans la salle de bains. C'est quand elle revient dans la chambre qu'elle réalise qu'elle a peut-être agi trop rapidement.

— Je viens de détruire une boîte datant du XVIIIe siècle ! se dit Alex. Qu'est-ce que j'ai fait ?

Alex regarde dans la boîte. À sa grande surprise, elle voit quelque chose à l'intérieur. La boîte n'est pas vide.

— Une enveloppe ?

Alex touche délicatement l'enveloppe jaunie par le temps. Écrits sur l'enveloppe, elle peut deviner les mots « Mon cher Benjamin » et de l'autre côté, les lettres ALBJ.

Alexandra ne veut pas ouvrir l'enveloppe, en tout cas pas maintenant. Le papier est trop fragile. Elle referme la boîte en se demandant ce que cette lettre faisait, cachée derrière du tissu de soie.

— Je verrai cela plus tard, dit-elle.

Elle prend son sac à main et sort pour explorer la ville.

EXERCICE DU CHAPITRE II

Dans ce chapitre, Alexandra fait la découverte d'une enveloppe mystérieuse. Elle décide de ne pas l'ouvrir.

Pouvez-vous conjuguer le verbe « ouvrir » au présent, passé composé et futur ?

Présent

j' ______________

tu ______________

elle ______________

nous ______________

vous ______________

elles ______________

Passé composé

j' ______________

tu ______________

elle ______________

nous ______________

vous ______________

elles _______________

Futur

j' _______________

tu _______________

elle _______________

nous _______________

vous _______________

elles _______________

CHAPITRE 12

Alex et Jessica ont décidé de se retrouver dans un restaurant sur la plage vers 18 h. Le restaurant est charmant. Sur les murs, il y a des tableaux de paysages typiques de la Côte d'Azur. Les tables sont recouvertes de nappes blanches. Il n'y a encore personne. Les Français préfèrent manger vers 20 h.

— Comment s'est passée ta journée de travail ? demande Alex à son amie.

— Ne parlons pas de travail. Regarde ces beaux bateaux sur la mer. C'est magnifique, n'est-ce pas ?

La serveuse place à côté de chaque assiette un petit pain encore chaud.

— Vous êtes prêtes à commander ? demande-t-elle aux deux amies.

— Je pense que oui, répond Alex. Je vais prendre les sardines grillées avec des frites, s'il vous plaît.

— Et moi, dit Jessica, je vais choisir la soupe de poisson.

— Et comme boisson ? demande la serveuse. Nous avons un excellent rosé de Provence.

— Non, merci, pas de rosé pour nous ce soir ! Une carafe d'eau, s'il vous plaît.

Les deux amies ont décidé d'être sages ce soir et de ne pas boire de vin avec le dîner.

— Qu'est-ce que tu as fait aujourd'hui ? demande Jessica à son amie.

— J'ai pris le train et je suis allée à Monaco. J'ai traversé les jardins du Palais. C'était magnifique.

— Quelle excellente idée !

Alex prend un morceau de pain.

— J'allais oublier. J'ai trouvé une chose intéressante ce matin.

— Raconte, dit Jessica.

Alexandra boit une gorgée d'eau fraîche et commence à raconter son histoire.

— Tu te souviens qu'hier je suis allée dans le quartier des Musiciens. Je cherchais un cadeau original pour Bianca. Je suis entrée dans une boutique d'antiquités.

— Je m'en souviens, dit Jessica.

— Dans cette boutique, mon regard a été attiré par...

— Par l'antiquaire ? coupe Jessica.

— C'est vrai, mais aussi par une jolie boîte, et j'ai décidé de l'acheter.

La serveuse arrive avec les plats.

— Combien coûtait cette boîte encore ? demande Jessica avec humour.

— Je ne m'en souviens plus, ment Alex.

Alexandra mange une frite.

— Ce matin j'ai ouvert la boîte. À l'intérieur, il y avait un vieux tissu en soie. Et je me suis souvenue du documentaire de CNN sur les punaises de lit en France.

— J'ai lu un article similaire dans le Wall Street Journal.

— J'ai eu peur et sans réfléchir, j'ai enlevé le tissu pour le mettre dans la poubelle.

— Bonne idée, approuve Jess.

Les deux amies commencent à manger.

— En enlevant le tissu, reprend Alex, j'ai découvert une enveloppe.

— Une enveloppe ? répète Jessica. C'est mystérieux.

— Une vieille enveloppe sur laquelle est écrit : « Mon cher Benjamin » et les lettres ALBJ.

— Sûrement les initiales d'une personne mystérieuse.

— Exactement !

Jessica vole une frite sur l'assiette de son amie.

— Alex, pour fêter ta découverte, je propose que nous buvions quelque chose d'un peu plus fort que de l'eau. Qu'en penses-tu ?

— Je suis complètement d'accord, ajoute Alex.

Les bonnes résolutions d'un dîner sans alcool n'ont pas duré très longtemps. Jessica fait signe à la serveuse de revenir et commande deux verres de rosé.

— Est-ce que tu as ouvert l'enveloppe ? demande Jessica.

— Non, dit Alex. Le papier est très vieux. Il est presque comme de la dentelle. J'ai eu peur de le déchirer. J'avais déjà déchiré le tissu de soie. J'ai pensé que j'avais fait assez de bêtises.

— Est-ce que tu vas contacter l'antiquaire qui t'a vendu cette boîte ? C'est une bonne excuse pour retourner dans la boutique.

Alex boit un peu de rosé.

— Tu as toujours de bonnes idées, mon amie, répond Alex.

EXERCICE DU CHAPITRE 12

Dans ce chapitre, Alexandra raconte à son amie Jessica qu'elle a trouvé une enveloppe cachée dans une vieille boîte.

Pouvez-vous trouver les 6 fautes cachées dans ce texte ?

Alexandra s'ai souvenue d'un documentaire qu'elle a vu sur CNN au sujet de punaises de lit en France. Et si cette vieille boîte était infestée de ces horrible petites bestioles ? Sa fille Bianca ne vais pas être contente de recevoir une boîte remplie de punaises de lit. Leur relation n'est déjà pas très bonne, alors là, ce serait la fin.

Sans réfléchir, Alex en lève d'un geste le tissu de soie à l'intérieur. Elle jette immédiatement le tissu dans la poubelle et va se lavé les mains dans la salle de bains. C'est quand elle revient dans la chambre, qu'elle réalise qu'elle a peut-être agi trop rapide.

CHAPITRE 13

Alexandra passe la matinée à la plage avec son roman en français facile. Elle est surprise par la facilité avec laquelle elle se souvient de cette langue.

Elle déjeune ensuite seule au restaurant de l'hôtel. Après un long déjeuner, elle décide de monter dans sa chambre faire une sieste.

— C'est une journée de relaxation complète ! se dit-elle en se réveillant une heure plus tard.

Alexandra pense à son amie Jessica qui doit travailler en ce moment.

— J'espère qu'elle va avoir le temps de se reposer aussi.

Son regard se pose sur le cadeau pour sa fille Bianca, sur sa table de nuit. Elle se souvient qu'à l'intérieur de la boîte se trouve l'enveloppe mystérieuse.

— Je dois montrer ce que j'ai découvert à l'antiquaire de la rue Mozart, dit-elle.

Après une longue douche et un thé à la vanille, Alex décide de retourner dans la boutique d'antiquités.

Elle est excitée aussi à l'idée de revoir cet homme. Elle décide de porter sa nouvelle robe. Elle passe plus de temps que d'habitude à choisir ses sous-vêtements. Elle se maquille légèrement et met un peu de parfum sur son cou.

Elle place la boîte dans un sac. Elle se regarde une dernière fois dans le miroir avant de sortir.

Alex se souvient que la boutique d'antiquités ferme à 19 h. Elle regarde sa montre. Il est 17 h 30. Elle sera devant la boutique dans vingt ou trente minutes.

— Il m'invitera peut-être à dîner ce soir, se dit Alexandra. Je suis machiavélique.

Alexandra traverse le quartier des Musiciens. Elle aperçoit la boutique d'antiquités au bout de la rue Mozart. Il y a de la lumière. Son cœur se met à battre plus vite.

Alexandra ouvre la porte. L'homme est seul. Il lui sourit. Il porte une chemise en coton, bleue de la couleur de ses yeux.

— Bonsoir, dit-elle.

— Bonsoir, madame.

— J'espère que je ne vous dérange pas.

— Au contraire, dit-il avec un sourire. J'espérais vous revoir.

Alex fait semblant de ne pas avoir bien compris. Elle ouvre son sac et en sort la boîte.

— Je voudrais, dit-elle...

Alex prend une grande inspiration. L'homme la regarde intensément. Elle est un peu impressionnée.

— Hier, j'ai abîmé la boîte que j'ai achetée pour ma fille, reprend-elle.

— Vraiment ? dit-il surpris. Comment avez-vous fait cela ?

— J'ai pensé que la boîte était infestée d'insectes, s'excuse Alexandra.

— Quelle idée bizarre, madame.

— Et en enlevant le tissu à l'intérieur de la boîte, j'ai découvert une enveloppe.

L'homme s'approche.

— Une enveloppe ?

— Je ne l'ai pas ouverte, ajoute Alexandra. Le papier semble si fragile.

En prenant la boîte, les mains de l'antiquaire effleurent les mains d'Alexandra. Elle ressent comme une décharge électrique.

— L'enveloppe est à l'intérieur ? demande-t-il en la regardant dans les yeux.

— Oui. Je ne l'ai pas touchée.

L'homme ouvre la boîte et regarde à l'intérieur. Il lit à haute voix les mots inscrits sur l'enveloppe.

— Mon cher Benjamin, ALBJ. C'est extraordinaire. Je pense que...

L'homme reste silencieux quelques secondes.

— Vous pensez ? demande Alex.

— Je pense que ALBJ sont les initiales de Madame Anne-Louise Brillon de Jouy, dit l'antiquaire. Ma grand-mère m'avait parlé de cette femme célèbre de notre famille. C'était une femme très intelligente et d'une grande beauté. Elle aimait recevoir chez elle des artistes, des politiciens et des scientifiques du monde entier. C'était aussi une musicienne très douée.

L'antiquaire referme la boîte.

— Il y a une petite histoire amusante, que ma grand-mère racontait souvent. Madame Brillon de Jouy avait eu une relation avec un Américain célèbre.

— Vraiment ? Qui ? demande Alex, curieuse. Les potins, même ceux datant du XVIIIe siècle, m'intéressent.

— Essayez de deviner, madame.

— Donnez-moi quelques indices, monsieur !

L'homme la regarde en souriant.

— D'accord. C'était un scientifique et un homme politique américain.

— Thomas Jefferson ?

— Non, mais vous n'êtes pas très loin.

— Donnez-moi un autre indice ! supplie Alex.

— Très bien. Cet homme a inventé le paratonnerre.

Cette fois, Alex a une idée.

— Benjamin Franklin !

— Exactement.

EXERCICE DU CHAPITRE 13

Dans ce chapitre, Alexandra Morris apprend que Madame Anne-Louise Brillon de Jouy a connu un homme américain très célèbre. Grâce à quelques indices, elle devine que cet homme est Benjamin Franklin.

Pour deviner le nom de ce célèbre écrivain français qui a connu Benjamin Franklin, traduisez cette liste en français et écrivez ici la première lettre de chaque mot.

___ ___ ___ ___ ___ ___ ___ ___

car:

to open:

bed:

earth:

tree:

forbidden:

red:

to try:

CHAPITRE 14

Alexandra et l'antiquaire observent l'enveloppe dans la boîte avec un très grand intérêt. Ils n'osent pas la toucher.

— Doit-on ouvrir cette enveloppe ? demande Alex.

— Je ne pense pas, car elle est trop fragile. Le papier est trop fin et trop vieux. Il pourrait se déchirer. Je vais contacter un ami qui travaille au Louvre. Il va sûrement pouvoir nous aider.

L'homme regarde sa montre.

— Il est presque 19 h. Je dois fermer ma boutique.

— Déjà ! dit Alex. Je n'ai pas vu le temps passer.

Soudainement, le ventre d'Alexandra se met à chanter.

— Excusez-moi, dit-elle en rougissant. Je dois avoir faim.

— Moi aussi, j'ai faim. Vous avez des plans pour ce soir ? lui demande-t-il.

— Non, je ne pense pas, dit Alex.

— Est-ce que je peux vous inviter à dîner pour vous remercier ?

Alex a très envie de dîner avec cet homme et de mieux le connaître.

— Je vais demander à mon amie Jessica si elle a fait une réservation au restaurant pour ce soir.

Alex texte son amie Jessica.

Je suis invitée à dîner ce soir par l'antiquaire. Est-ce que cela ne te fait rien si je dîne avec lui ?

— Jessica n'est jamais très loin de son téléphone, ajoute-t-elle en souriant. Elle va me répondre rapidement.

Et en effet, presque dix secondes plus tard, Alex reçoit une réponse.

> Pas du tout, au contraire, je suis très fatiguée. Je vais manger dans ma chambre et m'endormir tôt. Amuse-toi bien !

— Mon amie me donne la permission de dîner avec vous, dit Alex.

— Vous avez une amie très gentille.

— C'est vrai. Et c'est grâce à elle si je suis ici à Nice.

L'homme met sa veste et commence à fermer sa boutique.

— Nous allons dîner ensemble, alors, j'aimerais, si vous êtes d'accord, que l'on se tutoie à partir de maintenant, dit-il.

— C'est une bonne idée. D'accord. Et moi, j'aimerais connaître votre nom. Comment vous appelez-vous ? Pardon, je veux dire, comment t'appelles-tu ?

— Je m'appelle Richard. Richard Brillon de Jouy.

— Comme Anne-Louise Brillon de Jouy ? demande-t-elle, surprise.

— Exactement !

Alex regarde Richard dans les yeux.

— Je m'appelle Alexandra Morris. Tout simplement. Tu peux m'appeler Alex.

— Alors Alex, allons dîner.

L'antiquaire lui donne son bras. Alex le trouve vraiment très charmant.

EXERCICE DU CHAPITRE 14

Alex est retournée dans la boutique d'antiquités. Elle a montré l'enveloppe à l'antiquaire.

Pouvez-vous finir ces phrases avec le verbe au passé composé ?

1. L'antiquaire __ _______ Alexandra au restaurant. (inviter)

2. Jessica __ _______ tout de suite au texto de son amie. (répondre)

3. Jessica __ _______ à l'hôtel. (rester)

4. Alexandra __ _______ jusqu'au magasin d'antiquités. (marcher)

5. Richard __ _______ de ne pas ouvrir l'enveloppe. (décider)

6. Alexandra __ _______ cette boîte pour sa fille Bianca. (acheter)

7. Alexandra et Jessica __ _______ à Nice, France. (aller)

8. Alexandra __ _______ sa retraite. (prendre)

CHAPITRE 15

Richard et Alexandra sont assis dans un restaurant chic. Le serveur vient de leur servir deux coupes de champagne et quelques amuse-bouches.

— J'espère que mon ami du Louvre va pouvoir lire la lettre que tu as trouvée dans la boîte, dit Richard.

— Je n'aurais jamais pensé dire un jour : « Vive les punaises de lit ! » dit Alex en levant sa coupe.

— Vive les punaises de lit, répète Richard en levant sa coupe à son tour.

— Et en plus, cerise sur le gâteau, je rencontre l'arrière-arrière-arrière-arrière-arrière-arrière-arrière-arrière-petit-fils d'une femme qui a connu Benjamin Franklin. C'est vraiment formidable.

Alex regarde Richard dans les yeux.

— Je me demande ce qu'il y a dans cette lettre ? dit Alexandra.

— Dans quelques jours, j'espère que mon ami nous donnera la réponse. En attendant, buvons un peu de cet excellent champagne.

Alex est sur un petit nuage. Il y a trois jours, elle était chez elle à regarder les feuilles mortes dans son jardin. Aujourd'hui, elle est dans un petit restaurant dans le sud de la France avec un homme délicieux.

— Cette histoire est vraiment extraordinaire, dit Alex. Je suis très heureuse que mon amie Jessica m'ait forcée à venir en France.

— Moi aussi, ajoute Richard en lui prenant la main.

La peau de Richard est douce. Le corps d'Alex est parcouru par un léger frisson.

— Ton français est excellent, dit-il. Tu as appris le français au lycée ?

— Je l'ai appris à l'université. J'adore cette langue. Je suis contente de parler avec toi en français, dit Alex, même si j'ai un accent américain épouvantable.

— Je trouve ton accent très sexy.

Pendant le repas, Alex et Richard parlent de leurs vies. Richard a deux enfants. Une fille qui habite à Rome et un fils qui habite à Paris. Il n'a pas encore de petits-enfants, mais il aimerait bien en avoir. Avant d'être antiquaire, Richard était pharmacien.

— Pendant le Covid, j'ai eu une période difficile et j'ai décidé de changer de métier. Parfois, il faut pivoter et changer de vie si l'on n'est pas heureux.

— C'est un peu la même chose pour moi, avoue Alex. Au Texas, mon travail de gynécologue est devenu difficile. J'ai décidé de prendre une retraite anticipée. Et quelques mois après, j'ai divorcé.

— Tu as passé une année difficile, dit-il en lui caressant légèrement la main.

Alex et Richard ont beaucoup de choses à se dire. Ils ne voient pas le temps passer. Ils parlent sans s'arrêter. Ils ne réalisent pas que les autres clients sont partis et qu'ils restent seuls dans le restaurant.

Alex n'a jamais ressenti d'attraction pour un autre homme depuis son divorce. Mais ce soir, avec Richard tout est différent.

Après une mousse au chocolat intense et un café allongé, Alex regarde sa montre.

— Il est presque minuit, dit-elle. Il est l'heure pour moi de rentrer à l'hôtel.

— Tu es comme Cendrillon ?

— Exactement, mais j'espère que je ne vais pas perdre ma chaussure.

Alex et Richard sortent du restaurant. Il fait un peu froid. Alex frissonne. Richard pose sa veste sur les épaules d'Alex.

— Laisse-moi te raccompagner jusqu'à ton hôtel, dit-il.

EXERCICE DU CHAPITRE 15

Dans ce chapitre, Alexandra utilise l'expression : Cerise sur le gâteau.

Connaissez-vous les expressions suivantes ?

1. Que veut dire « avoir la pêche » ?
   a. être en colère
   b. être fatigué
   c. être plein d'énergie
2. Que veut dire « raconter des salades » ?
   a. dire des mensonges
   b. dire la vérité
   c. parler tout le temps
3. Que veut dire « être bonne poire » ?
   a. être méchant
   b. être naïf et trop gentil
   c. être courageux
4. Que veut dire « compter pour des prunes » ?
   a. être important
   b. être triste
   c. ne pas être important
5. Que veut dire « être haut comme trois pommes » ?
   a. être grand
   b. être intelligent

   c. être petit

6. Que veut dire « être rouge comme une tomate » ?
   a. être embarrassé
   b. être en colère
   c. être bronzé

CHAPITRE 16

Alex et Richard se tiennent la main jusqu'à l'hôtel. Ils ne se parlent pas. Ils n'ont pas besoin de se parler.

Une étoile filante traverse le ciel.

— Tu dois faire un vœu, dit Richard. C'est la tradition.

Alex lui sourit.

— Chez moi aussi, c'est la tradition de faire un vœu quand on a la chance de voir une étoile filante.

Alex arrête de marcher. Elle ferme les yeux. Elle se demande quel vœu elle voudrait faire.

Est-ce qu'elle aimerait que son ex-mari Philip revienne dans sa vie ? Absolument pas. Est-ce qu'elle aimerait avoir une meilleure relation avec sa fille Bianca ? Certainement, mais pas ce soir. Ce soir, elle aimerait utiliser son vœu pour autre chose. Une chose plus personnelle : Alex aimerait que Richard l'embrasse. Tout simplement. C'est ça son vœu.

— C'est bon. J'ai fait un vœu, dit-elle en ouvrant les yeux.

— Parfait.

— Tu veux le connaître ?

— Non. Ne dis rien si tu veux qu'il se réalise.

— Tu as raison. Je ne dirai rien.

C'est amusant comme on peut rapidement changer d'avis. Alex était certaine de vouloir ce baiser, mais deux minutes plus tard, elle a peur. Mon Dieu ! Pourquoi a-t-elle utilisé ce vœu pour un baiser ? C'est idiot.

Elle est comme une adolescente. Des questions se bousculent dans sa tête. Est-ce que les Français embrassent comme les Américains ?

— Les étoiles brillent dans le ciel, dit Richard. C'est tellement romantique. Tu ne trouves pas, Alex ?

Mais Alex ne l'a pas entendu. Elle monologue toujours dans sa tête : « Je n'ai jamais embrassé un autre homme que Philip mon ex-mari. Mon Dieu, je ne sais plus comment faire. »

— Alex ? Les étoiles qui brillent dans le ciel, répète Richard, c'est romantique, n'est-ce pas ?

— Bien sûr. Pardonne-moi. J'étais dans mes pensées.

Alex et Richard arrivent devant l'hôtel. Ils se regardent. Richard prend les deux mains d'Alex et le plus naturellement possible, il attire doucement le corps d'Alex vers le sien. Leurs visages sont maintenant très proches.

— Je ne suis pas certaine..., commence Alex.

Elle ne finit pas sa phrase. Les lèvres de Richard se sont posées sur les siennes. Elles sont douces et chaudes. Ce baiser est merveilleux.

Ils s'embrassent une seconde fois, puis une troisième fois.

— J'aime t'embrasser, murmure Richard.

Alex regarde le ciel et remercie son étoile filante.

EXERCICE DU CHAPITRE 16

Dans ce chapitre, Alexandra et Richard s'embrassent pour la première fois.

Dans les phrases suivantes, faut-il écrire le mot « fois » ou le mot « temps » ?

1. Elle l'a embrassé deux _____.

2. Il est _____ de penser à l'amour.

3. As-tu le _____ de dîner avec moi ?

4. Il était une _____ un homme et une femme sur la promenade des Anglais.

5. Quel _____ fera-t-il demain ?

6. C'est la première _____ qu'elle visite Nice.

7. Avec le _____, elle comprendra.

8. Je pense à toi tout le _____.

9. C'est la dernière _____ que je te le dis.

10. Le _____ passe vite quand on est amoureux.

CHAPITRE 17

Dans l'ascenseur de l'hôtel, Richard et Alex s'embrassent passionnément. Ce ne sont plus les baisers tendres de tout à l'heure.

— J'aime ta bouche. J'aime tes lèvres, murmure Richard.

La température dans l'ascenseur monte de quelques degrés. Le corps d'Alex frémit de désir.

— Moi aussi, j'aime ta bouche, lui dit Alex.

Parce qu'elle n'a pas embrassé d'homme depuis longtemps, Alexandra se sent maladroite.

— J'aime l'odeur de ta peau, lui dit Richard en embrassant son cou.

— Moi aussi, j'aime l'odeur de ta peau.

Alex se dit qu'elle doit faire un effort et avoir plus d'imagination. Elle doit arrêter de répéter comme un perroquet les phrases de Richard.

— Pendant tout le dîner, j'ai eu envie de toi, lui dit-elle entre deux baisers passionnés.

Les portes de l'ascenseur s'ouvrent au quatrième étage. Richard et Alex ont dans la tête une seule idée : se découvrir physiquement.

— Suis-moi, lui dit Alex en le prenant par la main. C'est par là.

Devant la porte de la chambre 471, Alex cherche la clé de sa chambre dans son sac. Ses mains tremblent d'excitation. Richard est juste derrière elle. Elle sent la chaleur du corps de Richard. Le désir monte en elle. Elle veut vite ouvrir la porte. Son corps lui fait mal tellement elle a envie de lui. Elle pense qu'elle n'a jamais éprouvé de désir aussi intense.

— J'ai trouvé la clé, dit-elle enfin. Viens vite.

Les deux amants entrent ensemble dans la chambre. Ils sont accrochés l'un à l'autre. Ils ne peuvent pas attendre plus longtemps. Ils ont soif de caresses.

Richard pousse Alex contre la porte qui vient de se refermer. Ils sont debout l'un contre l'autre. Il la regarde dans les yeux.

Les mains de Richard caressent ses seins au-dessus de la robe. Alex gémit de plaisir.

— J'ai envie de toi, lui dit Richard.

Richard déboutonne la robe d'Alex. La robe tombe par terre. Alex est presque nue. Il regarde son corps.

— Tu es magnifique, lui dit-il.

Cela faisait une éternité qu'un homme ne lui avait pas dit ces mots. Elle sent son cœur battre fort dans sa poitrine.

— Tu es superbe, répète-t-il.

Alex déboutonne la chemise de Richard. Son torse est musclé et bronzé par le soleil de la Côte d'Azur.

Richard fait doucement descendre les bretelles de son soutien-gorge en dentelle.

— Tu es sublime, dit-il en lui caressant les épaules. Ta peau est si douce.

Alex ouvre la ceinture du pantalon de Richard.

— Fais-moi l'amour, le supplie-t-elle. Fais-moi l'amour, tout de suite.

Tout à coup, la lumière de la chambre s'allume. La lumière est blanche et éblouissante. Les deux amants ferment les yeux.

— Maman ???

— Mais qu'est-ce que tu fais ici, Bianca ?

EXERCICE DU CHAPITRE 17

Alexandra a invité Richard dans sa chambre. Mais, ce n'était pas une invitation pour jouer aux devinettes...

Devinez quel mot permet de compléter ces phrases.

surprise, ascenseur, ceinture, hôtel, livres, heure, clé, étoile

1. Il aime collectionner les ________ anciens.

2. Elles préfèrent dormir à l'________.

3. Leur avion est arrivé à l'________ à Nice.

4. Ils se sont embrassés dans l'________.

5. Il faut faire un vœu quand on voit une ________ filante.

6. Il a mis une ________ à son pantalon.

7. Elle cherche la ________ de sa chambre dans son sac.

8. Sa fille lui a fait une belle ________.

CHAPITRE 18

— Comment peux-tu faire cela ? demande Bianca en colère.

— Ma chérie, je ne savais pas que…

Alex a honte. Elle aimerait se cacher dans un trou de souris et ne plus en sortir.

— Tu es trois jours en France et voilà que je te trouve avec un homme.

C'est un vrai cauchemar.

— Je te rappelle que tu viens juste de divorcer, ajoute Bianca.

— Je vais t'expliquer…

— Je ne veux pas de tes explications. Regarde-toi avec ta coupe de cheveux stupide et ta robe d'adolescente. Tu n'as plus 16 ans. Tu as presque 60 ans !

Sa fille a raison. À quoi pensait-elle ? Une histoire avec un homme qu'elle ne connaît que depuis deux jours.

— Je vais t'expliquer, répète Alex.

— Ce n'est pas nécessaire. J'en ai déjà trop vu. J'avais pensé te faire une belle surprise en venant te voir à Nice. Et voilà ce que je trouve !

Alex est tellement choquée qu'elle ne remarque pas que Richard n'était plus là. Il a sûrement pensé préférable de laisser la mère et la fille s'expliquer en famille.

Bianca met sa valise sur son lit. Alexandra la regarde impuissante.

— Ne pars pas, la supplie-t-elle.

— Je ne reste pas ici une minute de plus.

— Je ne pensais pas que tu viendrais, Bianca. Tu m'avais dit que tu n'avais pas le temps.

— J'ai voulu te faire une surprise.

Bianca met son manteau par-dessus son pyjama et enfile ses baskets.

— Reste avec moi, ma chérie.

— Je préfère dormir dans une autre chambre ce soir.

— Peut-être que l'hôtel est complet, s'inquiète Alexandra.

— Si c'est le cas, je contacterai Jessica. Elle sera contente de me voir, elle. Pas comme toi !

Bianca prend sa valise et sort de la chambre en claquant la porte.

Alex ne lui en veut pas. Elle aurait fait la même chose à sa place.

— Pourquoi j'ai accepté ce voyage ? se dit Alex en pleurant.

Alex est seule dans la chambre. Richard et Bianca sont partis.

Alex disparaît dans la salle de bain. Elle se démaquille et prend une longue douche chaude. Elle met sa chemise de nuit. Alex se sent vieille et fatiguée.

Elle se met au lit. Avant d'éteindre la lumière, elle regarde son téléphone portable. Ni Bianca ni Richard ne lui a texté.

Elle hésite à écrire un message à Richard pour lui dire qu'elle est désolée et qu'elle ne savait pas que sa fille serait là. Elle commence un texto puis l'efface aussitôt. Elle recommence à écrire quelques lignes, mais décide d'éteindre son téléphone sans avoir envoyé son message.

— Je lui écrirai demain.

Alex ferme les yeux, mais elle sait qu'elle ne va pas réussir à dormir cette nuit.

EXERCICE DU CHAPITRE 18

Les retrouvailles entre Alexandra et sa fille sont difficiles.

Pour rester dans la même ambiance, je vous propose un exercice difficile avec le subjonctif. Faut-il choisir le verbe à l'indicatif ou au subjonctif ?

1. Je ne pense pas que Bianca _______ dormir dans une autre chambre. (doit / doive)

2. Je pense que Richard _______ un homme bien. (est / soit)

3. Quel dommage, Alexandra ne _____ pas connaître l'amour ce soir. (va / aille)

4. Il faut que Richard _______ patient avec Alexandra. (est / soit)

5. Alexandra a peur que sa fille ne _______ plus. (vient / vienne)

6. Pendant ce temps, Jessica _______ tranquillement dans sa chambre. (dort / dorme)

CHAPITRE 19

Cette nuit, Alex s'est réveillée à 2 h du matin et n'a pas pu se rendormir avant 6 h. Est-ce que Bianca lui pardonnera un jour ? Est-ce que ses relations avec sa fille seront toujours difficiles ?

Il est midi quand Alex descend enfin dans la salle du restaurant de l'hôtel.

Elle aperçoit Jessica et Bianca. Les deux femmes sont installées à une table près de la fenêtre. Elles boivent un verre de vin blanc en regardant le menu du déjeuner.

Alex n'a pas très faim et elle a légèrement la nausée. Elle s'approche de son amie et de sa fille, les deux femmes qu'elle aime le plus au monde.

— Bonjour vous deux, dit-elle en prenant place.

— Bonjour, dit Jessica.

— Salut, dit froidement Bianca.

— Tu as dormi comment ? lui demande Jessica.

Jessica ne sait pas quoi dire ou quoi faire pour détendre l'atmosphère entre la mère et la fille. Ce matin, Jessica a été surprise de voir Bianca à la réception de l'hôtel. Bianca lui a tout raconté.

— Les salades sont excellentes ici, dit Jessica. J'en ai mangé une hier soir. Je pense que c'était la salade aux crevettes.

Bianca et sa mère ne l'écoutent pas. Elles regardent dans deux directions opposées.

— Cet après-midi, reprend Jessica, je vais écouter le professeur Ribot. Il va présenter les résultats de ses recherches sur les dangers de l'Intelligence Artificielle chez les adolescents. Et vous ? Qu'est-ce que vous allez faire ?

Silence.

— Et vous ? Qu'est-ce que vous allez faire cet après-midi ? répète-t-elle un peu plus fort.

Silence.

Soudainement, le téléphone d'Alex se met à vibrer sur la table. Alex regarde l'écran. Bianca lève les yeux au ciel.

— Vraiment maman, laisse ton téléphone tranquille. Tu es pire qu'une adolescente.

Alex regarde Jessica.

— C'est un texto de l'antiquaire. Il écrit au sujet de la boîte.

— Qu'est-ce qu'il a écrit ? demande Jessica.

Alex lit le texto de Richard à voix haute :

> J'ai de très bonnes nouvelles concernant la lettre que tu as trouvée dans la boîte. Viens me voir à la boutique.

— Il a déjà des nouvelles, dit Alex. Je me demande ce que son ami a trouvé.

— C'est vraiment une histoire intéressante, dit Jessica. Tu me raconteras la suite.

Bianca regarde sa mère et son amie avec curiosité.

— De quelle histoire est-ce que vous parlez ? demande Bianca.

EXERCICE DU CHAPITRE 19

Alexandra est au restaurant avec sa fille Bianca et son amie Jessica.

Pouvez-vous traduire ces 12 mots et trouver les 4 mots qui ne sont pas des aliments?

1. Un jambon
2. Une courgette
3. Une punaise de lit
4. Un pamplemousse
5. Une crevette
6. Un savon
7. Une aubergine
8. Une ceinture
9. Une pastèque
10. Un avocat
11. Un citron vert
12. Un vœu

CHAPITRE 20

La serveuse pose trois grandes salades sur la table. Jessica et Bianca ont choisi la salade au saumon et Alex une salade avec croûtons et fromage de chèvre. Tout a l'air très appétissant.

— Bonne dégustation, dit la serveuse avant de disparaître.

Pendant que Bianca et Jessica commencent à manger, Alex raconte comment elle a trouvé une vieille lettre.

— Il y a deux jours, je suis entrée dans un magasin d'antiquités. Je cherchais un cadeau pour toi, ma chérie. Et je t'ai acheté une belle boîte sculptée du XVIIIe siècle.

— Tu vas voir, Bianca, dit Jessica, la boîte est vraiment splendide. Je pense que c'est une boîte à bijoux. Tu ne penses pas, Alex ?

Alex fait un signe affirmatif de la tête et continue à raconter l'histoire. Pendant ce temps, Jessica et Bianca mangent leurs salades.

— Dans ma chambre d'hôtel, j'ai eu peur que la boîte contienne des punaises de lit. Je ne voulais pas mettre la boîte dans ma valise. J'ai donc retiré tout le tissu qui tapissait l'intérieur de la boîte.

— Tu as enlevé le tissu d'une boîte du XVIIIe siècle ? dit Bianca horrifiée.

Alex comprend pourquoi sa fille est en colère. Elle qui adore les objets du passé. Bianca doit aussi comprendre que sa mère déteste les insectes et surtout les punaises de lit !

— Donc, continue Alex, j'ai enlevé le tissu à l'intérieur de la boîte, et grâce à cela, j'ai trouvé une petite enveloppe qui était cachée sous le tissu.

— Une enveloppe ?

— Oui, une enveloppe, et sur cette enveloppe était écrit : « Mon cher Benjamin » et les initiales ALBJ.

— C'est tout ? dit Bianca déçue. C'est ça l'histoire ?

— Richard m'a dit que...

— Richard ? demande Bianca. Qui est Richard ?

Alex rougit en pensant à Richard dans sa chambre d'hôtel hier soir, mais elle continue.

— L'antiquaire m'a dit que la propriétaire de la boîte s'appelait Madame Brillon de Jouy.

— Madame Brillon de Jouy était la propriétaire de la boîte ? demande Bianca, tout à coup très intéressée.

— C'est ce que l'antiquaire m'a dit.

Bianca arrête de manger sa salade.

— Tu es sûre ? Madame Brillon de Jouy ?

— C'est exactement ce que je viens de dire, Bianca.

— Madame Brillon de Jouy ? dit Bianca d'une voix plus forte.

— Tu la connais ? demande Jessica.

Bianca ne répond pas à la question. Elle continue son interrogatoire.

— Qu'est-ce qu'il est écrit dans cette lettre ?

— Je ne peux pas te répondre. Je ne l'ai pas ouverte. Le papier était trop fragile, trop fin. Je ne voulais pas l'abîmer. Je sais seulement que sur l'enveloppe, il y a écrit : « Mon cher Benjamin » et les initiales ALBJ.

Bianca se lève.

— Je n'y crois pas, dit-elle. C'est énorme.

— Énorme ? dit Alex. Mais pourquoi ?

— Madame Brillon de Jouy est très célèbre pour avoir été une grande amie de Benjamin Franklin et peut-être même son amante. Cette lettre peut avoir des informations historiques très importantes. On va chez l'antiquaire tout de suite, Maman, dit Bianca.

EXERCICE DU CHAPITRE 20

Alexandra raconte à sa fille comment elle a trouvé une enveloppe cachée dans une boîte du XVIIIe siècle. Bianca veut en savoir plus.

Pouvez-vous trouvez le bon sujet pour chacune de ces phrases ?

elles, il, nous, vous, je, tu, on, elle

1. ________ est contente de parler avec sa fille.

2. ________ mangeons une salade aux crevettes.

3. ________ est parti rapidement de la chambre d'hôtel.

4. ________ avez lu la lettre ?

5. ________ suis arrivée à Nice il y a deux jours.

6. ________ ont parlé de leur soirée.

7. ________ as entendu quelque chose ?

8. ________ est allés se promener sur la plage.

CHAPITRE 21

Il pleut légèrement sur Nice. Alex fait attention à ne pas glisser. Bianca avance devant elle. Elle a hâte d'en apprendre plus sur cette lettre.

— Allez, marche plus vite, maman, dit Bianca en prenant sa mère par la main. Accélère un peu.

Alex sourit. Elle est très contente de tenir sa fille par la main. Bianca semble avoir oublié l'évènement d'hier soir.

— Si c'est ce que je pense, cela peut être énorme, dit Bianca. Cette lettre, si elle est bien pour Benjamin Franklin, est une découverte extraordinaire.

Les deux femmes arrivent essoufflées devant la boutique. Alex essaie d'ouvrir la porte, mais elle est fermée. Elle frappe un coup, deux coups, mais il n'y a pas de réponse.

— Quelle heure est-il ? demande Alex à sa fille.

— Il est 13 h 30.

— Je ne sais pas si l'antiquaire est dans sa boutique. Normalement, la boutique est fermée de midi à 14 h.

Alex frappe plus fort.

— Il y a quelqu'un ? crie-t-elle.

— Une minute... j'arrive, répond une voix derrière la porte.

La porte s'ouvre. Bianca fait un pas en arrière. Elle est surprise de voir que l'antiquaire est le même homme qu'elle a vu hier soir. L'homme qui avait le visage dans la poitrine de sa mère.

Richard est aussi surpris de voir la fille d'Alex. Lui aussi fait un pas en arrière.

— Vous ??? dit Bianca. J'aurais aimé ne jamais vous revoir.

Bianca hésite à entrer. Mais Alex tient toujours sa fille par la main. Bianca n'a pas d'autre choix que de suivre sa mère. Elles entrent ensemble dans la boutique d'antiquités.

— Merci, il pleut de plus en plus, dit Alex.

Il fait sombre à l'intérieur. Richard allume la lampe sur son bureau. Bianca regarde tous les vieux objets autour d'elle.

Elle est tellement émerveillée qu'elle en oublie presque sa colère.

— On voudrait avoir des nouvelles de la lettre, dit Bianca sèchement.

Richard se tourne vers Alex. Il lui sourit.

— J'ai contacté mon ami qui travaille au Louvre. Et quelle chance ! Il participe à une conférence au musée Picasso à Antibes, une ville à côté d'ici. J'ai pu lui apporter la boîte et l'enveloppe. Avec ses connexions au musée Picasso, il a réussi à lire la lettre avec un scanner sans ouvrir l'enveloppe.

Richard attrape la boîte, qui est posée sur son bureau.

— Et alors ? demande Bianca impatiente. Qu'est-ce que votre ami a trouvé ?

Richard regarde les deux femmes. Elles se ressemblent beaucoup. Elles ont la même taille, les mêmes cheveux et le même visage.

— Dans cette lettre, Madame Brillon de Jouy annonce à Benjamin Franklin une très bonne nouvelle, commence Richard.

EXERCICE DU CHAPITRE 21

Alexandra et sa fille sont allées voir l'antiquaire. Elles veulent avoir des informations sur la lettre.

Complétez ces phrases.

1. Alexandra a eu _______ de chance de trouver cette lettre.
   a. très
   b. beaucoup
   c. toute
2. Richard a un ami qui travaille au musée du Louvre depuis _________.
   a. il y a dix ans
   b. en 2015
   c. dix ans
3. Bianca n'est _________ allée à Nice.
   a. jamais
   b. toujours
   c. souvent
4. Richard et Alexandra ont dîné _________ hier.
   a. dernier
   b. ensemble
   c. prochain
5. Bianca fait des études d'histoire _________.

a. à la France
b. à Paris
c. à le Paris

CHAPITRE 22

— Quelle très bonne nouvelle ? demande Bianca avec impatience.

Richard regarde la fille d'Alexandra. Il lui sourit et continue à parler tranquillement.

— La lettre date du 21 juillet 1778. Cette année-là, Benjamin Franklin est ambassadeur à Paris. Saviez-vous qu'il a été le premier ambassadeur américain en France ?

— Oui bien sûr, je le savais, dit Bianca sèchement.

— Moi, je ne le savais pas, dit Alexandra.

— Il a joué un rôle majeur dans le développement des relations franco-américaines, ajoute Bianca. Benjamin Franklin était en France pour chercher de l'argent pour la colonie américaine.

Richard regarde son téléphone. Son ami du Louvre lui a envoyé le texte complet de la lettre par mail.

— À cette époque, Benjamin Franklin est veuf, dit-il. Il appréciait les femmes et les femmes l'appréciaient. Et justement, la lettre de Madame Brillon de Jouy concerne l'amour.

Richard commence à lire la lettre sur son téléphone :

Cher Benjamin,

C'est avec un grand plaisir que je prends la plume pour t'écrire aujourd'hui. Je voulais te donner la bonne nouvelle sans attendre. Je suis enceinte. Bientôt, si Dieu le veut, nous aurons un petit Benjamin. J'espère que cette nouvelle te fera plaisir comme elle me fait plaisir.

Je pense à toi.

Ta Française préférée

— Madame Brillon de Jouy portait l'enfant de Benjamin Franklin ! dit Bianca.

— C'est incroyable, n'est-ce pas ? dit Richard.

— Alors, il y a peut-être des descendants de ce père fondateur des États-Unis ici en France ? se demande Bianca.

— Peut-être encore une connexion entre nos deux pays, dit Richard en regardant Alexandra.

L'attraction entre eux est toujours palpable. L'Américaine et le Français sont vraiment attirés l'un par l'autre.

— Bianca, commence Richard, quand mon ami du Louvre m'aura rendu la lettre, je te propose de l'emporter avec toi à Paris.

— Vraiment ? dit Bianca.

— Bien sûr, si ta mère est d'accord. Après tout, c'est elle qui a acheté la boîte.

— J'ai acheté la boîte pour te faire un cadeau, ma chérie, dit Alex. Cette lettre est donc pour toi.

— Ce serait absolument sensationnel. Je pourrais la montrer à mon professeur de thèse.

Bianca s'approche de sa mère.

— Merci Maman pour ce cadeau, dit-elle en embrassant sa mère.

— De rien, ma chérie.

— Peut-être que je peux étudier l'influence des femmes dans la création des États-Unis d'Amérique ?

— Ou l'influence des femmes dans les relations franco-américaines, ajoute Alex en regardant Richard.

Bianca décide de laisser Richard et sa mère seuls.

— La pluie s'est arrêtée, dit Bianca. Je vais rentrer à l'hôtel.

— Vas-y, ma fille. Je te rejoins plus tard.

Une fois Bianca partie, Alex se tourne vers Richard.

— Tu as disparu un peu vite hier soir, dit-elle.

— C'est vrai.

— Je suis désolée. Je ne savais pas que ma fille viendrait me retrouver à Nice.

Richard prend les deux mains d'Alex dans les siennes.

— Tu viens chez moi ? dit-il. J'habite juste à côté d'ici. Et dans mon appartement, on ne sera pas dérangés.

— Ce n'est peut-être pas une bonne idée, répond Alex.

Il la regarde dans les yeux. Elle trouve qu'il a un charme fou. Elle ne peut pas lui résister.

— Je t'invite pour prendre un café ou un thé en toute amitié.

— Je ne sais pas, dit-elle timidement.

— J'ai aussi du fromage et un excellent pain de campagne.

— Tu sais parler aux Américaines, dit Alex avec un sourire, du fromage et du bon pain ! J'accepte tout de suite ton invitation.

EXERCICE DU CHAPITRE 22

Dans ce chapitre, on apprend ce que Madame Brillon de Jouy a écrit à Benjamin Franklin le 21 juillet 1778.

Pouvez-vous écrire en toutes lettres ces dates importantes dans la création des États-Unis ?

Exemple :

1778 : **mille sept cent soixante-dix-huit**

1620 (Arrivée du Mayflower) :

1776 (Déclaration d'indépendance des États-Unis) :

1783 (Traité de Paris : La Grande-Bretagne reconnaît l'indépendance des États-Unis) :

1787 (Adoption de la Constitution signée à Philadelphie) :

CHAPITRE 23

— Je suis triste de partir de Nice, dit Alex.

— Il faut malheureusement retourner aux États-Unis, dit Jessica. J'espère que ce séjour s'est bien passé pour toi ?

— Absolument. C'était merveilleux.

L'avion a décollé de l'aéroport de Nice tôt ce matin. Dans quelques heures, il atterrira à l'aéroport de Philadelphie. Et trois heures plus tard, un deuxième avion amènera les deux amies à l'aéroport de Dallas.

— Merci, mon amie, de m'avoir invitée. J'ai passé un séjour fantastique.

— Je suis contente pour toi.

— Et cette histoire incroyable de lettre adressée à Benjamin Franklin ! C'est une découverte incroyable.

— J'espère que ta fille va l'utiliser pour son doctorat.

Le visage d'Alex est lumineux et paisible.

— Tu es radieuse, dit Jessica à son amie.

— J'ai l'impression d'avoir dix ou quinze ans de moins, dit Alex. J'ai retrouvé mon énergie.

L'avion vole au-dessus des nuages. Tout est calme à cette altitude.

— Je suis curieuse. Je ne t'ai pas vue ces dernières quarante-huit heures, dit Jessica. J'imagine que tu les as passées avec Richard, le bel antiquaire français.

— Tu as raison.

— Raconte-moi tout !

Alex boit son champagne lentement. Elle est gênée et un peu honteuse à l'idée de partager avec son amie l'emploi du temps de ses deux derniers jours.

— Tu rougis ? dit Jessica. Maintenant, je veux vraiment tout savoir.

— Ce champagne est excellent, dit Alex pour gagner du temps.

— Tu as raison, ma belle. La vie est trop courte pour boire du Prosecco.

Le personnel d'Air France commence à servir le déjeuner aux passagers.

— Tu as des nouvelles de ta fille ? demande Jessica.

— Bianca va très bien. Cette lettre lui a donné des idées pour son doctorat d'histoire. Et elle va venir me rendre visite au Texas pour Noël.

— Je suis très contente pour toi, dit Jessica.

— Je suis affamée, chante Alex.

— Je ne t'avais pas vue aussi heureuse depuis longtemps, dit Jessica. Est-ce que c'est ta rencontre avec Richard qui t'a changée ?

Alex regarde son amie et lui sourit.

— Ces quelques jours avec lui m'ont ouverte à la vie et à l'amour !

— Qu'est-ce que vous avez fait ? demande Jessica. Vous êtes allés au musée ?

— Non, nous ne sommes pas allés au musée.

— Vous avez visité Monaco ou Èze ? On m'a dit que la ville d'Antibes est très jolie.

— Non, nous n'avons pas visité les villes de Monaco ou d'Antibes.

— Vous avez conduit jusqu'à Vence pour voir la chapelle de Matisse ?

— Non, nous n'avons pas conduit jusqu'à Vence.

— Alors qu'est-ce que vous avez fait ? demande Jessica.

Les yeux d'Alex brillent.

— Nous sommes restés chez lui, dans son lit.

— Vous êtes restés dans son lit pendant quarante-huit heures !

Alex rougit encore plus. Son amie la regarde en souriant.

— Quand je pense que tu as peut-être fait l'amour avec un descendant de Benjamin Franklin ! plaisante Jessica. C'est complètement fou.

Les deux amies rient ensemble en buvant un peu plus de champagne.

— J'ai pris une décision importante, dit Alex.

— Laquelle ? demande son amie.

— J'ai décidé de reprendre mon travail de gynécologue obstétrique. J'aime trop mon travail. Il me manque.

— C'est une excellente idée.

Les deux amies finissent leur coupe de champagne.

— Et quand le travail sera trop fatigant, ajoute Alex, j'irai passer quelques jours à Nice pour me redonner de l'énergie.

FIN

I would love it if you could leave a short review of my book. For an independent author like me, reviews are the main way that other readers find my books. Merci beaucoup !

LOVE IN NICE (ENGLISH TRANSLATION)

CHAPTER 1

Alexandra is in pajamas. She looks out her bedroom window, a cup of cold tea in her hands. It's 2 pm. She observes the sky. Clouds are moving slowly ahead.

"What will I do today?" she wonders.

A plane crosses the sky. It's heading east, towards Europe.

"I could work in the garden. It's in a pitiful state."

It's been two months since Alexandra set foot in her garden. Weeds have taken over the place. The garden table is covered in dead leaves. The rosebush, a present from Philip for their twentieth wedding anniversary, hasn't bloomed for a long time.

"I'm tired. The garden can wait," she says.

When Alexandra was working, she spent weekends in her garden. It was a way to de-stress, a way to think about something else. She loved planting pretty flowers and listening to the birds sing.

But once Alexandra stopped working, she lost her energy and her zest for life.

Dr. Alexandra Morris is an obstetrician-gynecologist. No, Dr. Alexandra Morris was an obstetrician-gynecologist at Methodist Hospital in Dallas, Texas.

Eight months ago, she turned a new leaf. At age 58, she decided to submit her resignation. She took early retirement. The long working hours and the state of reproductive rights for women in Texas drove her to stop. She threw in the towel. She hung up her (latex) gloves.

Sometimes Dr. Morris thinks she gave up her career a little too quickly. She didn't take any time to think about what she would do afterwards. How would she spend her days?

One morning, Dr. Morris wrote a list of possible activities in a little notebook.

#1 - Restart taking French lessons.

Alexandra learned French in college, but she had to give it up when she started medical school. It'd be a good idea to relearn that beautiful language. Plus, her daughter Bianca is spending a year in Paris for her studies.

#2 - take a cooking class.

Alex has never been a good cook, yet she loves to eat.

#3 - Exercise. Yoga? Tennis?

Dr. Alexandra Morris has the time to take care of herself now. Keeping physically active is important for her mental health.

She goes back to her bed. She drinks some cold tea. Her life as a young retiree offers many possibilities. Unfortunately, nothing excites her. Alexandra is depressed.

CHAPTER 1 EXERCISE

In this chapter, we get to know Dr. Alexandra Morris. Before she retired, Dr. Morris worked in the Methodist Hospital in Dallas, Texas.

Can you write the translation for the following eleven words?

1. une coloscopie – *a colonoscopy*
2. la tension artérielle – *blood pressure*
3. les poumons - *lungs*
4. la fièvre – *a fever*
5. une grippe – *the flu*
6. une ordonnance – *a prescription*
7. une cicatrice – *a scar*
8. un médicament – *a drug, medicine*
9. les urgences – *the emergency room*
10. tousser – *to cough*
11. la colonne vertébrale – *the spinal cord*

CHAPTER 2

Alexandra sees her telephone vibrating on her nightstand. Her friend Jessica is calling her for the third time today. This time, she decides to pick up.

"Hi Jessica. How are you?"

"Hello Alexandra. I'm doing great. And you?"

"I'm doing great too."

"I tried calling you several times yesterday and today."

"I'm super busy," says Alex. "I must not have heard my phone."

Alexandra gets up slowly from her bed and walks to the bathroom.

"What are you doing this afternoon?" her friend asks her.

“I’m going to go do some errands. There’s almost nothing left in my fridge. Why?”

Alexandra looks at herself in the mirror. Her long brown hair is unstyled. She thinks she looks more and more like her father, and that depresses her.

“I’m calling you,” says Jessica, “because I organized a tennis match this afternoon. But Natalia is sick. She can’t come. There are only three of us. We’re missing one person to make a double. Will you come? I need you, my dear.”

“That’s nice of you...” Alex starts to say.

Alexandra suspects that her friend made up that story about a double for tennis to get her to leave her house.

“That’s nice of you,” Alex repeats, “thanks for thinking of me, but I can’t. I’m very busy today. I have to take care of my garden, drop my car at the shop and clean up my kitchen...”

There’s a silence for a few seconds.

“Your house and your car can wait,” Jessica replies. “C’mon, come with us. It’ll do you good to get some exercise and have fun.”

“I also have a bit of a stiff neck,” Alex adds. “I think I slept in an awkward position last night.”

Dr. Morris really doesn't want to socialize lately.

"You always have good excuses," says Jessica with some sadness in her voice.

"I really can't," says Alex.

"Are you sure you can't come? For tennis doubles? We're going to have fun."

"I'm very sure."

"Well, then I'll let you go, Alex, but you have to promise me one thing."

"Oh yeah? What?"

"You have to promise me that the next time that I ask you to do something, you'll say yes to me."

"All right then, I'll say yes. I promise you," says Alex.

"I'll call you soon, my dear," says Jessica before she hangs up.

Once the conversation is over, Alexandra slowly gets dressed. Like yesterday, she puts on her old sweatpants and a gray T-shirt. She ties her long hair back in a ponytail.

Then she goes into the living room. She picks up a Sudoku magazine that she bought three weeks ago, and she sinks into the couch.

CHAPTER 2 EXERCISE

Jessica invites her friend Alexandra to take part in (*participer à*) a tennis match. Can you finish these sentences with the right preposition, « à » or « de » or « d' »?

1. Jessica pense souvent **à** son amie. *Jessica often thinks of her friend.*
2. Elle se souvient **de** son séjour **à** l'hôpital. *She remembers her stay at the hospital.*
3. Alexandra est fatiguée. Elle a besoin **de** repos. *Alexandra is tired. She needs to rest.*
4. Jessica a téléphoné plusieurs fois **à** Alexandra. *Jessica called Alexandra several times.*
5. Jessica demande **à** son amie **de** jouer au tennis. *Jessica asks her friend to play tennis.*
6. Dr Morris rêve **de** jours meilleurs. *Dr. Morris dreams of better days.*
7. Alex promet **à** Jessica **d'**accepter sa prochaine proposition. *Alex promises Jessica that she'll accept her next proposal.*
8. Jessica conseille **à** son amie de sortir un peu et **de** voir du monde. *Jessica urges her friend to get out in the world and see people.*

CHAPTER 3

A week later, Alexandra is in the garden when she gets a call from her friend Jessica.

"Hi Alex, am I bothering you? I didn't wake you from your nap?"

"You never bother me, my friend. What's up, Jess?"

Alexandra's voice is a bit rough. She hasn't spoken to another human being all day.

"Alex, you promised me you'd say 'yes' the next time I ask you to do something. Do you remember?"

"I remember very well."

"Well, I have something I want you to do."

"I'm ready."

"I'm asking you to come with me to France!"

"What?" says Alexandra, surprised. "To France?"

Alexandra thought that her friend was going to invite her to a restaurant, a concert or maybe a Chippendales show, since they're in Dallas at the moment. But a trip to France!

"I have to participate in an international conference on artificial intelligence," Jessica continues. "Come with me! I'll work during the day, but we'll have dinner together every evening. You'll see, this trip will take your mind off things."

Alexandra stays quiet for a moment. She needs to think about this proposal.

"France... what city is your conference in?"

Alexandra hopes that the conference will be in Paris. Her daughter Bianca has been studying history at the Sorbonne for the past two years. This will give her a chance to see her.

"The conference is in the south of France, in Nice, to be precise. I've never visited that city, but I think it's very beautiful. Nice is on the Mediterranean Sea."

"How many days?"

"Four or five days."

Alexandra feels so tired. Already, it took a lot out of her go to the garden. She can't imagine traveling internationally. It's beyond her capacity.

"I don't know if my passport is valid," says Alex.

"Don't start looking for excuses. I know very well that your passport is valid. You went to Chile last year."

"That's true, I'd forgotten."

It's the last trip that she took with Philip before their divorce. That trip seems so long ago today.

"I have renovations to take care of in my kitchen. I don't know if I can be away for so long."

"Your kitchen can wait," says Jessica.

For thirty seconds, the two friends remain silent.

"Alex, you promised me you would say yes", Jessica continued. "You don't have a choice. We're leaving in three weeks. Start packing your bag and, please, don't bring your old gray sweats. Do me a favor, put it in the trash and go do a little shopping for some sexy clothes."

"I love those sweats. I'm not going to put then in the trash!" says Alexandra before hanging up the phone.

Now Alexandra is trapped. She'll have to go to France for five days. A normal person would be super happy for this proposed trip, but not her. She'd rather stay quietly on her couch watching the planes go by. What will she do for five days in Nice?

Alexandra has an idea. Maybe her daughter Bianca would like to go with her? Paris isn't very far from Nice. It would be nice to spend a few days with her daughter. Bianca and she haven't talked much since the divorce.

Alexandra looks at her watch. It's 7 pm in France. She decides to call her daughter immediately. After five rings, Alexandra hears her daughter's voice.

"Mom? Is everything alright?"

"Hello, my daughter. Everything is fine. And you? How's your life in Paris?"

"My life? Good question. I'm super stressed. I'm late for my study project. I still haven't decided the subject of my thesis. And why are you calling me?"

Alex looks at the rose bush that she just planted. It's not completely straight.

"I'm calling you because Jessica just invited me to come to France for a few days."

"Really?" says Bianca. "That's a nice friend you've got."

"Would you like to come spend a few days with me in Nice? Jessica will be working and I'll be alone during the day."

Bianca doesn't reply right away.

"That won't be possible, mom," says Bianca. I just told you that I'm behind in my schoolwork. And *you're* asking me to go with you to Nice because you're afraid to be alone during the day!"

"I want to see you, Bianca."

"So, why don't you come to Paris?"

Alex needs a few seconds before she replies. Her daughter is right, but traveling alone all the way to Paris seems too hard for her at the moment. She already has trouble getting dressed in the morning.

"Listen, I'll ask Jessica to reserve a room with two double beds. If you change your mind, you're welcome to come. OK?"

"I won't change my mind, mom," says Bianca. "I have too many things to do. Have fun with your friend. Goodbye."

CHAPTER 3 EXERCISE

Alexandra is going to Nice in France with her friend Jessica. Any normal person would be happy to travel to France, but not her.

Can you write the masculine form of these adjectives?

Example: contente – content (*happy, content*)

1. jalouse – jaloux (*jealous*)
2. sportive – sportif (*athletic*)
3. égoïste – égoïste (*self-centered, egotistical*)
4. curieuse – curieux (*curious*)
5. gentille – gentil (*kind, nice*)
6. sérieuse – sérieux (*serious*)
7. vieille – vieux (*old*)
8. jeune – jeune (*young*)
9. fatiguée – fatigué (*tired*)
10. douce – doux (*gentle, sweet, mild-mannered*)

CHAPTER 4

Alexandra is sitting on the plane next to her friend Jessica. The plane took off five hours ago. It's dark outside. Alex needs to close her eyes and try to sleep, but she can't. She's thinking of her daughter.

"I'm kind of sad. Bianca and I have had a very difficult relationship since my divorce. We had another argument the other day."

Jessica placed her hand on her friend's arm.

"Don't give it another thought. Bianca is very stressed right now. It's not an easy time for her. She's studying alone in Paris. She's very brave."

"You're right," Alexandra admits.

"You want some Champagne?" her friend asks, to pull her away from her dark thoughts.

"I'd be delighted."

It's the third glass of Champagne that Alexandra has had to drink on the plane. Her head is spinning a bit.

"This is the last glass for today," says Alexandra.

"Perfect, because it's already tomorrow," says Jessica, showing her the sun that's rising in the east.

Alexandra smiles at her friend.

"Thank you, Jess, for proposing this trip. It's a good idea even if it was a trap."

"What do you mean, 'a trap'?" Jessica asks her.

"When you said that I had to say 'yes' to your next idea, I'm sure you were already thinking of this trip."

"You know me well," Jessica says, laughing.

The two friends have known each other since they were kids. They lived on the same street in the south suburbs of Fort Worth. They've stayed in touch with each other their whole lives.

As teenagers, they went to high school together, and later they were accepted at the same university in Austin, Texas.

Alexandra went into medical school, and Jessica did a masters in IT. During that period, they lived together in a small apartment on 24 Nueces Street.

When Alexandra married Philip, Jessica was her witness. Two months later, when Jessica married Max, Alexandra was her witness.

Both of them had their children at almost the same time.

Alexandra and Philip had a daughter, Bianca, who's 26 years old now. Jessica and Max's two sons are named Elliott and George. They're 27 and 25, and both work in a bank in Manhattan.

But today, the two friends' lives seem to have followed different paths. First, because Alexandra and Philip got divorced, while Jessica and Max are still married. And second, because Alexandra took early retirement, while Jessica is still working.

CHAPTER 4 EXERCISE

In this chapter, Alexandra **talked (a parlé)** about her difficult relationship with her daughter, Bianca.

Can you complete these sentences putting the verbs into the present perfect (passé composé)?

1. Dr Alexandra Morris **a bu** du champagne dans l'avion. *Dr. Alexandra Morris drank champagne on the plane.*
2. Alexandra **a pris** sa retraite. *Alexandra retired.*
3. Jessica **a posé** un piège à son amie. *Jessica set a trap for her friend.*
4. Elles **sont restées** en contact toute leur vie. *They've stayed in touch their whole lives.*
5. **Alex a habité** à Austin au Texas. *Alex lived in Austin, Texas.*
6. Jessica et Alex **ont vécu** ensemble. *Jessica and Alex lived together.*
7. Dr Morris **a étudié** la médecine. *Dr. Morris studied medicine.*
8. Alexandra **a aimé** vivre dans un petit appartement. *Alexandra enjoyed living in a small apartment.*

CHAPTER 5

It's 10 in the morning. The sky and the Mediterranean Sea are blue. It's hard to tell them apart. It's beautiful.

The plane is flying along the coast. The city of Nice appears.

"The first time I went to Europe was for my honeymoon," said Alexandra wistfully. "Philip and I didn't have a lot of money, and we slept in youth hostels."

"Thank God we're past the age of sleeping in youth hostels!" says Jessica. "I go to Europe by myself every year for work. But Max doesn't like to travel. He always wants to spend his vacation at his parents in Montana."

The plane starts its descent towards the Nice airport. A female voice asks the passengers to ensure that their seat belts are fastened, and to put the seat backs and tray tables in the upright position.

"Which countries in Europe have you been to?" asks Jessica.

"With Philip, we went to Spain, Poland, Finland, Portugal and Switzerland."

"So this is the first time you're going to France?"

"Absolutely, I've never been. It's funny because I studied French for several years in college, and now Bianca is living in Paris. But I've never set foot in this country."

The female voice gives information on connecting flights to other destinations from the Nice airport. In 36 minutes, a plane takes off for Corsica. A little later, another one leaves for Sardinia.

"I'm glad that you're coming with me," says Jessica. "Five days is a little short, but we'll make the most of it."

"I'm happy to be with you, Jess. Without you, I'd still be in my garden checking the position of my rosebush."

"You'll see, you'll adore the Riviera with its beautiful scenery, and its olive-oil-based cuisine..."

"And nice, cold rosé."

"And the Mediterranean Sea."

The plane's wheels touch the ground. A few people applaud.

"Philip and I were planning to take a cruise on the Mediterranean for our 35th wedding anniversary," Alexandra says with a sad voice, "but that never happened."

"Why not?" Jessica asks.

"Philip met Claudia a few weeks before we were scheduled to leave on our cruise. He met that beautiful Italian cardiologist and that was the end of our cruise and our marriage."

Alexandra looks out the plane window. Jessica sees a tear roll down her friend's face.

"I'm glad to be alone now," says Alexandra. "Philip and I didn't have a very good relationship these last years. We didn't have the same goals."

The plan taxis down the runway.

"Would you like to meet another man?" Jessica asks.

"My God! Absolutely not," Alexandra replies. "I'd rather break my leg."

CHAPTER 5 EXERCISE

Alexandra and Jessica arrive in Nice. And you, can you put these numbers in ascending order (from the smallest to the largest)?

a. soixante – *sixty (60)*
b. seize – *sixteen (16)*
c. cinquante – *fifty* (50)
d. vingt-quatre - *twenty-four (24)*
e. dix-neuf – *nineteen (19)*
f. soixante-dix-neuf *seventy-nine (79)*
g. quinze – *fifteen (15)*
h. quatorze – *fourteen (14)*
i. quatre-vingts – *eighty (80)*
j. quarante – *forty (40)*
k. quatre-vingt-onze – *ninety-one (91)*

Since this is a book for learning French, not math, I'll leave it to you to put them in ascending order. 😀

CHAPTER 6

It's 1 pm when the two friends get to their hotel.

"Let's drop our bags in our rooms and go explore the city. Does that work for you? We cannot sleep. It's essential for adjusting to local time."

"Give me just ten minutes, Jess. I'd like to take a quick shower and change clothes."

"That's great. So let's rendezvous at the front desk in about 10 minutes."

Alexandra walks into her large hotel room. She puts her bag next to the door. She takes off her shoes and falls back into one of the two beds.

"It feels good to finally lie down! But careful, I cannot sleep."

Alexandra looks around her. The room is spacious, with a modern style. The walls are sand colored. On the desk, a small bouquet of yellow and red flowers adds a touch of joy.

Alexandra gets up and opens the curtains. She's pleasantly surprised to discover that her room looks out over the sea.

"That's so beautiful!" she says, awestruck. "It's really too bad Bianca isn't enjoying this room."

After a short shower, she slips on a dress. She wraps a scarf around her neck. She pulls her long hair into a ponytail. She goes to find her sunglasses and heads down to meet Jessica at the front desk.

"My room is magnificent. The view from the window is sublime. You really spoiled me, Jess. Thank you."

"Nothing is too good for my best friend."

Jessica takes her friend by the arm.

"I can't wait to explore the city."

"Let's go that way," says Alexandra. "I think we're going to see some beautiful sites."

The two friends exit the hotel and walk towards the historic Old Town.

"Within ten minutes, I heard English, Italian, Russian and Spanish," says Jessica.

"Nice is quite the tourist destination."

In the Old Town, the two friends are awestruck by the colorful façades on the buildings. They're yellow, orange, and red.

"These colors kind of remind me of Santa Fe," says Alexandra.

"You're sort of right!" says Jessica, "but the architecture is completely different."

The two friends stop at several shops: a store with olive-oil soap, a spice shop, a lavender shop... In one of these small boutiques, Alex buys a scarf with Mediterranean colors.

"Another scarf?" teases Jessica, who knows her friend's obsession for silk scarves.

"I'm hooked on scarves. I love 'em."

The two Americans come to a square. In front of them, there's a huge flower market, but it also has fruits and vegetables.

"We're at the *Cours Saleya*," says Jessica, looking at her travel guide.

"It smells so good. And I'm starting to get hungry."

"Let's go eat," her friend replies.

Ten minutes later, they're sitting on the patio of a small family-owned restaurant.

"I don't know why, but I think this trip is going to change your life," says Jessica, looking at her friend.

Alexandra doesn't answer. She's too focused on reading the menu.

CHAPTER 6 EXERCISE

Colors are very important in the south of France. The sea is blue. The building walls are yellow.

Guess these colors using these hints:

1. Noir comme la nuit et les corbeaux – *Black like night and crows*
2. Rouge comme les fraises et les tomates - *Red like strawberries and tomatoes*
3. Marron comme les châtaignes et le bois naturel – *Brown like chestnuts and natural wood*
4. Jaune comme les bananes et les citrons – *Yellow like bananas and lemons*
5. Blanc comme la neige (propre) et le lait – *White like (clean) snow and milk*
6. Vert comme l'herbe et les grenouilles - *Green like grass and frogs*
7. Bleu comme le ciel et la mer Méditerranée – *Blue like the sky and the Mediterranean Sea*
8. Gris comme le ciment et les toits de Paris – *Gray like cement and the roofs of Paris*

CHAPTER 7

The two friends finished their lunch.

"That was the best meal I've eaten this year."

"The chocolate mousse was absolutely delicious."

"The salad was divine."

"The rosé was wonderful."

"I've already gained five pounds!" says Alexandra, touching her stomach. "I think I won't be eating tonight."

"Me neither!"

Alexandra and Jessica decide to go back to the hotel. They need to walk a bit to help the food go down.

"What do you want to do this afternoon?" asks Jessica.

"I don't know yet, but I think I might sit outside at a sidewalk café. I'm going to rest and read a book. I can't wait to start the book in French that I bought."

"If I read a book, I'll fall asleep right away."

"You know," says Alexandra, "when I spoke French with our waiter at lunch, that really made me want to seriously get back to studying the language."

Jessica is happy to hear that her friend has plans for the future. Maybe Alexandra will get back her zest for life?

"What's the name of the book in French that you're going to read?" asks Jessica.

"*Meurtre en Provence* by France Dubin."

"How appropriate!"

In front of their hotel, a luxury black Mercedes just parked. An elegant woman and her tiny little white dog get out of the car.

"What about you, Jess, what are you going to do this afternoon?"

"If I don't want to sleep, I need to stay in the sun. I think I'm going to get a tan on the beach."

"That's a good idea!"

"I'm going to plant myself in one of the beach chairs reserved for customers of the hotel," Jessica adds.

"Are you going to your room first?"

"No, I don't need to. I have my bathing suit under my dress."

"As always, you're very organized."

The two friends part ways. Jessica crosses the Promenade des Anglais. She waves to her friend that she found an empty beach chair. She opens her bag and takes out her sunglasses and a tube of sunscreen.

"See you tonight!" yells Alexandra from the other side of the street.

Of course, between the noise from the waves and the traffic, Jessica didn't hear her.

After she takes off her dress, her sandals and the top of her bathing suit, Jessica lies down comfortably on the lounge chair. She dons her sunglasses and starts to apply sunscreen on her arms and chest.

Alexandra is surprised to see her friend tanning topless.

"She's right," Alex thinks, "when in Nice, do as the Niçoises do!"

CHAPTER 7 EXERCISE

Nice is an exceptional city, with blue sea and sun. It's the perfect city to spend a few days in paradise. But, dear readers, before you go on vacation in Nice, you need to do some work. Do you know if these words are feminine or masculine?

1. **la** mer — *sea*
2. **la** plage — *beach*
3. **le** sable — *sand*
4. **la** vague — *wave*
5. **la** crème solaire — *sunscreen*
6. **le** verre d'eau — *glass of water*
7. **le** soleil — *sun*
8. **le** parasol — *beach umbrella*
9. **la** serviette de bain — *bath towel*
10. **le** maillot de bain — *swimsuit*

CHAPTER 8

Alexandra had a very good first night in that hotel. She stretches in her bed. She gets up and opens the curtains. Like yesterday, the sea and the sun are an intense blue.

"What an amazing view!" she says.

She glances at her phone. It's already 10:30 in the morning. She notices that at 8:45 Jessica sent her a text message.

> I hope you slept well. I'm leaving for work. We'll meet tonight at the hotel restaurant. Have fun and enjoy!

Alexandra makes herself a coffee in her room. She eats a

few almonds that she'd put in her purse before she left for France.

"No croissant for me this morning," she said.

Alexandra takes her shower and quickly gets dressed. She takes a skirt and an old green T-shirt from her suitcase.

"What part of the city am I going to visit today?" she says, opening the small travel guide that she found on the desk in her room.

On page 21, she comes across beautiful pictures of Art Deco buildings.

"That clinches it. I'm going to walk in the Musicians Quarter."

Alexandra takes her purse. She puts in her mobile phone, charged to 92%, and she leaves the hotel.

"Cross our fingers. I don't want to get lost!" she says, to buck up her courage.

A few blocks away, she notices a pretty boutique that specializes in soap.

"*Bonjour*," says Alexandra as she opens the door.

"*Bonjour*," the saleswoman behind the counter replies.

"I don't know why I came into your shop. I don't need soap, but they're so pretty and they smell so good."

"You can never have enough soap," the saleswoman jokes.

"That's true," she said, "and they make good gifts."

A few blocks away, Alexandra walks into another shop. This time, it's a clothing store. She looks at the shirts and sweaters. Farther away, a purse captures her attention.

"What do you call this color?" she asks the young saleswoman.

"This color is called chick yellow. It's very trendy right now."

"Really? And what else is trendy in France at the moment?"

"These cotton dresses are very much in style."

"They're wonderful," says Alex, touching the fabric.

"Do you want to try one on?"

"Why not," she replies.

Alex goes into the fitting room with the dress. She takes off her skirt and her T-shirt. She takes care to not look at herself in the mirror. She thinks she's a little overweight at the moment. She needs to start exercising again.

A few seconds later, Alex comes out of the fitting room.

“Here I am!” she says, smiling.

The saleswoman claps her hands.

“That dress fits you very well,” says the saleswoman. “You look lovely.”

“Isn’t it too low cut for my age?”

“Not at all. You have a very nice chest. You should show it.”

“Isn’t the dress too short?”

“Not at all! You’re lucky to have long, beautiful legs. You should show them.”

Thanks to her new dress, Alex feels different. It’s hard to explain. With her skirt and green T-shirt, Alex felt too old, but now she feels younger and sexy. She decides she’ll keep wearing her new clothes and leave her old skirt and T-shirt in the trash at the shop.

“After all this shopping, I’m hungry! It’s true that I only ate four almonds this morning. And it’s already 1pm. Time flies when you’re shopping.”

Between Rossini Street and Verdi Street, Alex stops in front of a bakery.

"*Bonjour, madame.* What would you like?" asks the baker.

"I'd like the veggie quiche, please, *madame.*"

Alexandra remembers what Jessica told her: Enjoy!

"Could I also please have a strawberry tart and a chocolate éclair?"

CHAPTER 8 EXERCISE

In this chapter, Alexandra goes into a stylish clothing store. She really likes a dress that's "*jaune poussin*" (chick yellow). *Un poussin* (chick) is a baby chicken.

Can you find the names for the parents of these baby animals? Write *un* or *une* followed by the name of the adult animal.

Example: Un poussin est le petit d'une poule. *A chick is the baby of a hen.*

1. Un poulain est le petit d'un cheval. — *A foal is the baby of a horse.*
2. Un chiot est le petit d'un chien. — *A puppy is the baby of a dog.*
3. Un renardeau est le petit d'un renard. — *A kit or (a fox cub) is the baby of a fox.*
4. Un chaton est le petit d'un chat. — *A kitten is the baby of a cat.*
5. Un lapereau est le petit d'un lapin. — *A bunny is the baby of a rabbit.*
6. Un veau est le petit d'une vache. — *A calf is the baby of a cow.*
7. Un caneton est le petit d'un canard. — *A duckling is the baby of a duck.*

8. Un lionceau est le petit d'un lion. — *A lion cub is the baby of a lion.*
9. Un agneau est le petit d'un mouton. — *A lamb is the baby of a sheep.*
10. Un ourson est le petit d'un ours. — *A bear cub is the baby of a bear.*

CHAPTER 9

After lunch, Alexandra strolls down the streets of the Musicians' Quarter. All the streets in the neighborhood are named after famous musicians.

"Mozart Street, Vivaldi Street... It would be fun to make a playlist by composers from the Musicians' Quarter: *The Four Seasons* by Vivaldi, *Ave Maria* by Gounod, *La Traviata* by Verdi, *The Magic Flute* by Mozart..."

On Berlioz Street, Alexandra walks by a beauty salon. She goes inside without knowing exactly why.

"The salon is closed, *madame*," says a young woman with a sandwich in her hand.

"I'm sorry."

The woman puts down her sandwich.

"Wait, *madame*! Would you like a haircut or hair coloring? Because if it's for coloring, I don't have time, but if it's..."

"A cut. I'd like to change my look. I'd like to cut my long hair."

"Short?"

"Yes, please."

Alex shows a picture of the actress Audrey Tautou in the film *Amélie*[*].

"Cut it like this with short bangs. Is that possible?"

"Sure!" replies the hairdresser enthusiastically.

"Goodbye, my long hair!"

An hour later, Alexandra is completely transformed.

"Do you like it?" asks the hairdresser, worried.

"I love it!" replies Alexandra. It's exactly what I wanted."

"You look ten years younger, *madame*."

Alex leaves a large tip for the hairdresser.

"Thank you again," she says on her way out of the salon.

---

* French title: The Fabulous Destiny of Amélie Poulain

With her new clothes and her new haircut, Alex feels very pretty. It's as if she were a different woman. The depressed woman from Fort Worth no longer exists.

"I wonder if Jessica will recognize me?" wonders Alex.

She runs her hand through her short hair, and she feels free. Everything is beautiful here. There are flowers on the balconies of the buildings.

"Life goes by so fast, so you better enjoy it," Alexandra thinks. "Nice is the perfect city to come alive again."

A little farther, Alexandra discovers an antique store. She'd like to find a unique gift for her daughter Bianca. It's almost her birthday. Bianca loves history and objects from the past.

She looks at the shop door. A small sign says that the store is closed from noon to 2:30 pm. Alex looks at her watch. It's 2:25. The store opens in five minutes.

While she waits for the store to open, she checks out the objects displayed in the window. Her eye is immediately drawn to a pretty wood box. On top are the letters BJ.

"Pandora's box," she says aloud.

"Precisely," says a man right behind her.

Alex jumps.

"I hope I didn't frighten you, *madame*."

The man pulls a key from his pocket and opens the shop door. He turns towards Alex.

"Would you like to come inside?"

CHAPTER 9 EXERCISE

In this chapter, Alexandra goes to the hairdresser to change her look. Often, a nice haircut can help one feel better.

Here's a vocabulary list for hair salons. Can you translate these words in the context of a hair salon?

1. des ciseaux – *scissors*
2. une frange – *bangs*
3. un rasoir – *a razor*
4. une tondeuse – *clippers*
5. un peigne – *a comb*
6. un sèche-cheveux – *a hair dryer*
7. un dégradé – *a layered cut*
8. une permanente – *a perm*
9. les racines – *roots*
10. la laque – *hairspray*

CHAPTER 10

Alexandra hesitates.

"Do you work here?" she asks him.

She immediately realizes it's a stupid question. Of course he works here. He has the key to the store in his hand.

The man holds the door open.

"I own this antique shop. Come in, please."

He has turquoise-blue eyes. His face is tanned by the French Riviera sun. He's wearing linen pants and a linen shirt. Alexandra is flustered by this man's incredible charm and charisma.

"Let me help you, *madame*. Are you looking for something in particular?"

"I don't know," she says, "I..."

Alex seems to have lost her capacity to speak intelligently. She's hypnotized by the Frenchman. Her mouth is dry. Her heart is beating faster. No need to have gone to med school to recognize the obvious signs of love at first sight and physical attraction.

Alexandra gets ahold of herself.

"I'm looking for a gift for my daughter."

"How old is your daughter?"

"25 or 26 years old... I can't keep track."

"You can't keep track?" the antique dealer asks, amusedly.

"She's 26," Alexandra corrects herself. "Yes, 26 years old."

"I have a hard time believing that - you seem too young to have a daughter who's 26."

Alex blushes. She doesn't know what to say.

"I might have an idea," he says.

The man goes away for a few moments. Alexandra looks around. There are marvelous objects everywhere. Every object has a history, a past.

"I just got these magnificent brooches typical of the 1830's. Look, there might be one that your daughter would like."

She moves close to see better. The man is wearing a captivating perfume, a mix of vanilla and lavender. Alex has a hard time keeping focused.

"I don't know..."

Alex isn't interested in the brooches anymore. She studies the man's beautiful hands. He has the long fingers of a pianist. She also notices that he's not wearing a wedding ring.

Something strange is happening. Is it fatigue? Jetlag? The sun? The seaside air? Alex shivers. She'd like the man to take her in his arms and keep her warm.

"I don't know if jewelry is a good idea for my daughter," she finds the strength to say. "She already has a lot."

"Well, maybe something to store her jewelry? The box you saw in the window, maybe?" he adds.

"Yes, maybe..."

The man goes to get the box. It's about the size of a large cigar box. It's made of cherrywood. On top are cute little angels, hand painted. Below the angels are sculpted the letters BJ.

"This superb box is from the 18th century," he tells her. "The interior is completely covered in silk from that period."

"It's very beautiful. The letters BJ are on the box. My daughter's name is Bianca Jill."

"It's perfect, then," he continues. "I found this box when we sold my grandmother's house. This box has been in my family for a long time. I'm happy that it found a new owner."

"Don't you want to keep it as a keepsake?"

"I already have a lot of paintings and objects from my family," he says, smiling. "Plus, I'm not really a fan of jewelry boxes."

It's the perfect gift for Alexandra's daughter.

"I'll take it," she says, without asking the price.

CHAPTER 10 EXERCISE

Alexandra Morris goes into an antique store. The person who works in that type of store is called an antique dealer.

Here is a list of stores. What are the people called who work in these stores? Careful, some job titles have a feminine and a masculine form.

Une bijouterie : <u>un bijoutier (m)</u> et <u>une bijoutière (f)</u> *A jewelry store: a jeweler.*

1. Une boucherie : un boucher (m) et une bouchère (f) — *A butcher shop: a butcher*
2. Une boulangerie : un boulanger (m) et une boulangère (f) — *A bakery: a baker*
3. Une poissonnerie : un poissonnier (m) et une poissonnière (f) — *A fish shop: a fishmonger*
4. Une épicerie : un épicier (m) et une épicière (f) — *A grocery store: a grocer*
5. Une pharmacie : un pharmacien (m) et une pharmacienne (f) — *A pharmacy: a pharmacist*
6. Une librairie : un (m)/une (f) libraire — *A bookstore: a bookseller*
7. Un salon de coiffure : un coiffeur (m) et une coiffeuse (f) — *A hair salon: a hairdresser*

CHAPTER 11

Alex wakes up slowly. It's 11 in the morning. She has a headache.

"I drank a little too much rosé last night," she says, getting out of her bed with great difficulty.

Her friend Jessica and she had an excellent evening. They talked late into the night. Jessica was quite enthusiastic. She laughed a lot. She congratulated her friend Jessica for her new hairstyle and her new clothes.

"You look like that French actress. What's her name?" asks Jessica. "You know... a very pretty actress. She was in the film The Da Vinci Code..."

"You mean Audrey Tautou?"

"That's it!"

Alex also told her friend about the handsome French antique dealer she met.

"My God," Jessica said, "you made the most of your day. I'm proud of you. Next time, invite him for a drink at the hotel."

"I really would like to see him again, but I'm too shy to ask him."

No doubt about it, this first day in Nice was a real success.

Alex decides to start her day slowly. She takes a long shower and gets dressed. Then she makes tea.

Alex looks at Bianca's gift on her nightstand.

"It's a really beautiful box," says Alex. "But I probably paid too much."

The antique dealer made her lose her mind. As proof, she bought that old box for €1500. She didn't even try to haggle over the price.

"€1500 for a box! You're totally crazy!" Jessica told her last night, "Didn't you try to get a better price?"

"He told me its whole story. He found the box in his grandmother's house. I didn't have the heart to bargain on price."

Alexandra opens the window in her room. It's hot outside. In the distance she sees people having fun in the waves of the Mediterranean Sea.

Alex pours hot water on her bag of green tea with bergamot. Then she sits on the bed and looks at the box one more time.

"What a beautiful object!" she says, with wonder.

She carefully opens the box. Alex delicately strokes the clear blue silk fabric and then stops suddenly.

She just remembered a documentary she saw on CNN about bedbugs in France. What if this old box is infested with those little pests? What would Bianca say if she gave her a box with bedbugs? Their relationship isn't exactly great to begin with, and this would be the end of it.

"Shit!" she thinks.

Without thinking, Alex tears out the silk fabric from the inside. She immediately throws the fabric in the trash and goes to wash her hands in the bathroom. It's only when she comes back in the room that she realizes that she might have been too hasty.

"I just destroyed an 18th century box!" thinks Alex. "What have I done?"

Alex looks at the box. Much to her surprise, she sees something inside it. The box isn't empty.

"An envelope?"

Alex delicately touches the envelope, yellowed by time. Written on the envelope, she can make out the words "My dear Benjamin" and on the other side, the letters ALBJ.

Alexandra doesn't want to open the envelope, at least not now. The paper is too fragile. She closes the box, wondering what that letter was doing, hiding behind the silk fabric.

"I'll look into that later," she says.

She takes her purse and goes out to explore the town.

CHAPTER II EXERCISE

In this chapter, Alexandra discovers a mysterious envelope. She decides not to open it.

Can you conjugate the verb **ouvrir** (to open) in the present, the present perfect (passé composé) and the future?

Présent

j'ouvre

tu ouvres

il ouvre

nous ouvrons

vous ouvrez

ils ouvrent

Passé composé

j'ai ouvert

tu as ouvert

il a ouvert

nous avons ouvert

vous avez ouvert

ils ont ouvert

Futur

j'ouvrirai

tu ouvriras
il ouvrira
nous ouvrirons
vous ouvrirez
ils ouvriront

CHAPTER 12

Alex and Jessica decided to meet up at a restaurant on the beach at 6 pm. The restaurant is charming. The walls are hung with landscape paintings typical of the French Riviera. The tables are draped with white tablecloths. There's nobody here yet. The French prefer to eat towards 8 pm.

"How was your day at work?" Alex asked her friend.

"Let's not talk about work. Look at those beautiful boats on the sea. It's wonderful, isn't it?"

The waitress sets a baked roll, nice and warm, next to each plate.

"Are you ready to order?" she asks the two friends.

"I think so," replies Alex. "I'll take the grilled sardines with fries, please."

"For me," says Jessica, "I'll have the fish soup."

"And for drinks?" asks the waitress. "We have an excellent rosé from Provence."

"No thanks, no rosé for us tonight! A pitcher of water, please."

The two friends decide to behave tonight and not drink any wine with dinner.

"What did you do today?" Jessica asks her friend.

"I took the train and I went to Monaco. I strolled through the Palace gardens. It was incredible."

"What an excellent idea!"

Alex takes a piece of bread.

"I almost forgot. I found something interesting this morning."

"Do tell," says Jessica.

Alexandra takes a sip of cool water and starts to tell her story.

"You remember yesterday I went to the Musicians' Quarter. I was looking for a unique gift for Bianca. I went into an antique store."

"I remember," says Jessica.

"In the store, my eye was drawn to..."

"To the antique dealer?" Jessica interrupts.

"That's true, but also by a pretty box, and I decided to buy it."

The waitress arrives with the food.

"How much did that box cost again?" asks Jessica humorously.

"I don't remember now," Alex lies.

Alexandra eats a French fry.

"This morning I opened the box. On the inside, it had old silk fabric. And I remembered the CNN documentary on bedbugs in France."

"I read a similar article in the Wall Street Journal."

"I got scared and, without thinking, I ripped out the fabric and put it in the trash."

"Good idea," Jess says approvingly.

The two friends start eating.

"By removing the tissue," Alex continues, "I discovered an envelope."

"An envelope?" repeats Jessica. "That's mysterious."

"An old envelope with writing that says, 'My dear Benjamin' and the letters ALBJ."

"Must be the initials of a mysterious person."

"Exactly!"

Jessica steals a fry from her friend's plate.

"Alex, to celebrate your discovery, I propose that we drink something a little stronger than water. What do you think?"

"I completely agree," Alex adds.

Their good intentions to have dinner without alcohol didn't last very long. Jessica motions to the waitress to come back and orders two glasses of rosé.

"Did you open the envelope?" asks Jessica.

"No," Alex says. "The paper is very old. It's almost like lace. I was afraid I'd tear it. I'd already ripped up the silk fabric. I figured I'd done enough damage."

"Will you get back in touch with the antique dealer who sold you the box? It's a good excuse to go back to the shop."

Alex drinks some rosé.

"You always have good ideas, my friend," Alex replies.

CHAPTER 12 EXERCISE

In this chapter, Alexandra tells her friend Jessica that she found an envelope hidden in an old box.

Can you find the 6 faults hidden in this text?

Answer Key and Translation

Alexandra **s'est souvenue** d'un documentaire qu'elle a vu sur CNN au sujet de punaises de lit en France. Et si cette vieille boîte était infestée de ces **horribles** petites bestioles ? Sa fille Bianca ne **va** pas être contente de recevoir une boîte remplie de punaises de lit. Leur relation n'est déjà pas très bonne, alors là, ce serait la fin.

Sans réfléchir, Alex **enlève** d'un geste le tissu de soie à l'intérieur. Elle jette immédiatement le tissu dans la poubelle et va **se laver** les mains dans la salle de bains. C'est quand elle revient dans la chambre, qu'elle réalise qu'elle a peut-être agi trop **rapidement.**

Alexandra remembered a documentary that she saw on CNN about bedbugs in France. What if that old box was infested with those horrible little pests? Her daughter Bianca won't be happy to get a box filled with bedbugs. Their relationship already isn't so great, and that would be the end of it.

Without thinking, Alex rips out the silk fabric that's on the inside. She immediately throws the fabric in the trash and goes to wash her hands in the bathroom. It's only when she comes back in the room that she realizes that she may have been too hasty.

CHAPTER 13

Alexandra is spending the morning on the beach with her novel in easy French. She's surprised by how easily she remembers the language.

She then eats lunch alone in the hotel restaurant. After a long lunch, she decides to go up to her room to take a nap.

"It's a day of total relaxation!" she thinks, as she wakes up an hour later.

Alexandra is thinking of her friend Jessica who has to work right now.

"I hope she'll have time to relax, too."

She takes a long look at the gift for her daughter Bianca, on the nightstand. She remembers that inside the box there's a mysterious envelope.

"I need to show what I found to the antique dealer on rue Mozart," she says.

After a long shower and a vanilla tea, Alex decides to go back to the antique store.

She's also excited at the thought of seeing that man again. She decides to wear her new dress. She spends more time than usual picking out her underwear. She lightly applies some makeup and puts a little perfume on her neck.

She puts the box in her purse. She looks in the mirror one last time before leaving.

Alex remembers that the antique store closes at 7 pm. She looks at her watch. It's 5:30 pm. She'll be in front of the store in twenty or thirty minutes.

"Maybe he'll take me to dinner tonight," Alexandra thinks. "I'm so Machiavellian."

Alexandra walks through the Musicians Quarter. She sees the antique store at the end of rue Mozart. The lights are on. Her heart starts beating faster.

Alexandra opens the door. The man is alone. He smiles at her. He's wearing a cotton shirt that's the same shade of blue as his eyes.

"Good evening," she says.

"Good evening, *madame.*"

"I hope I'm not disturbing you."

"Not at all," he says with a smile. "I was hoping I'd see you again."

Alex pretends that she didn't really understand. She opens her purse and takes out the box.

"I'd like to," she says...

Alex takes a deep breath. The man gazes at her intensely. She's a little overwhelmed.

"Yesterday I damaged the box I bought for my daughter," she says, pulling herself together.

"Really?" he says, surprised. "How did you do that?"

"I thought the box was infested with insects," Alexandra apologizes.

"What a strange idea, *madame.*"

"And when I took out the fabric inside the box, I found an envelope."

The man steps closer.

"An envelope?"

"I didn't open it," Alexandra adds. "The paper seems too fragile."

As he takes the box, the antique dealer's hands brush Alexandra's hands. She feels an electric rush of excitement.

"Is the envelope inside?" he asks while looking into her eyes.

"Yes. I didn't touch it."

The man opens the box and looks inside. He reads aloud the words written on the envelope.

"My dear Benjamin, ALBJ. That's extraordinary. I think it's..."

The man stays quiet for a few seconds.

"What do you think?" asks Alexandra.

"I think ALBJ are the initials of Madame Anne-Louise Brillon de Jouy," says the antique dealer. "My grandmother told me about this famous woman who was in our family. She was a very intelligent woman, and a great beauty. She loved to host artists, politicians and scientists from around the world. She was also a very gifted musician."

The antique dealer closes the box.

"There's a funny little story that my grandmother often told. Madame Brillon de Jouy had an affair with a famous American."

"Really? Who?" asks Alex, curious. "I like gossip, even from the 18th century."

"Try to guess, *madame*."

"Give me some hints, *monsieur!*"

The man looks at her, smiling.

"OK. He was a scientist and an American politician."

"Thomas Jefferson?"

"No, but you're not far off."

"Give me another hint!" Alex pleads.

"All right. The man invented the lightning rod."

This time, Alex has an idea.

"Benjamin Franklin!"

"Exactly."

CHAPTER 13 EXERCISE

In this chapter, Alexandra Morris learns that Madame Anne-Louise Brillon de Jouy knew a very famous American man. With some helpful hints, she figures out that the man is Benjamin Franklin.

To figure out the name of a famous French writer who knew Benjamin Franklin, translate this list into French and write the first letter of each word here.

car: **v**oiture

to open: **o**uvrir

bed: **l**it

earth: **t**erre

tree: **a**rbre

forbidden: **i**nterdit

red: **r**ouge

to try: **e**ssayer

Answer: V O L T A I R E

CHAPTER 14

Alexandra and the antique dealer study the envelope in the box with intense interest. They don't dare to touch it.

"Should we open that envelope?" asks Alex.

"I don't think so, because it's too fragile. The paper is too thin and too old. It could tear. I'm going to contact a friend who works at the Louvre. I'm sure he'll be able to help us."

The man looks at his watch.

"It's almost 7 pm. I have to close my shop."

"Already!" says Alex. "I didn't see the time go by."

Suddenly, Alexandra's stomach starts growling.

"Pardon me," she says, blushing, "I must be hungry."

"I'm hungry, too. Do you have plans for this evening?" he asks her.

"No, I don't think so," says Alex.

"Can I take you to dinner to thank you?"

Alex really wants to have dinner with this man and get to know him better.

"I'll ask my friend Jessica if she made a restaurant reservation for tonight."

Alex texts her friend Jessica.

> I've been invited to dinner tonight
> by the antique dealer. Would it
> bother you if I have dinner
> with him?

"Jessica is never very far from her phone," she adds, smiling. "She'll get back to me quickly."

And in fact, almost ten seconds later, Alex gets a reply.

> Not at all, quite the opposite, I'm
> really tired. I'm going to eat in my
> room and go to sleep early.
> Have fun!

"My friend has given me permission to have dinner with you," says Alex.

"You have a very kind friend."

"That's true. And it's thanks to her that I'm here in Nice."

The man puts on his jacket and starts closing the store.

"Since we're having dinner together, if you don't mind, I'd like us to use the informal *tu* from now on," he says.

"That's a good idea. I agree. And I'd like to know your name. What is your name?" she asks using the formal *vous*.

"Sorry, I mean, what is your name?" she asks, using *tu*.

"My name is Richard. Richard Brillon de Jouy."

"Like Anne-Louis Brillon de Jouy?" she asks, surprised.

"Exactly!"

Alex looks Richard in the eyes.

"My name is Alexandra Morris. That's it. You can call me Alex."

"Well, Alex, let's go to dinner."

The antique dealer offers her his arm. Alex thinks he's very charming.

CHAPTER 14 EXERCISE

Alex went back (*est retournée*) to the antique store. She showed *(a montré*) the envelope to the antique dealer.

Can you complete these sentences with the verb in the present perfect (passé composé)?

1. L'antiquaire a invité Alexandra au restaurant. — *The antique dealer invited Alexandra to the restaurant.*
2. Jessica a répondu tout de suite au texto de son amie. — *Jessica immediately replied to her friend's text.*
3. Jessica est restée à l'hôtel. — *Jessica stayed at the hotel.*
4. Alexandra a marché jusqu'au magasin d'antiquités. — *Alexandra walked to the antique store.*
5. Richard a décidé de ne pas ouvrir l'enveloppe. — *Richard decided to not open the envelope.*
6. Alexandra a acheté cette boîte pour sa fille Bianca. — *Alexandra bought that box for her daughter Bianca.*
7. Alexandra et Jessica sont allées à Nice, France. — *Alexandra and Jessica went to Nice, France.*
8. Alexandra a pris sa retraite. — *Alexandra retired.*

CHAPTER 15

Richard and Alexandra are sitting in a fancy restaurant. The waiter just served them two glasses of champagne and some bite-sized hors d'œuvres.

"I hope my friend from the Louvre will be able to read the letter you found in the box," says Richard.

"I never thought that someday I'd say, 'Here's to bedbugs!'" says Alex, raising her glass.

"Here's to bedbugs," Richard repeats, while also raising his glass.

"On top of that, the icing on the cake is that I meet the great-great-great-great-great-great-great-great-grandson of a woman who knew Benjamin Franklin. It's really amazing."

Alex looks into Richard's eyes.

"I wonder what's in that letter?" says Alexandra.

"In a few days, I hope my friend will give us the answer. In the meantime, let's drink some of this excellent Champagne."

Alex is on a little cloud. Three days ago, she was at home looking at dead leaves in her yard. Today she's in a little restaurant in the south of France with a delicious man.

"This whole adventure is really amazing," says Alex. "I'm so happy that my friend Jessica forced me to come to France."

"So am I," adds Richard, as he takes her hand.

Richard's skin is soft. A slight shiver runs through Alex's body.

"Your French is excellent," he says. "Did you learn French in high school?"

"I learned it in college. I love this language. I'm happy to speak French with you," says Alex, "even if I have a horrible American accent."

"I find your accent very sexy."

During the meal, Alex and Richard talk about their lives. Richard has two children. A daughter who lives in Rome and a son who lives in Paris. He doesn't have any grandchildren yet, but he'd like to. Before he was an antique dealer, Richard was a pharmacist.

"During Covid, I went through a rough patch and decided to change careers. Sometimes you need to pivot and change your life if you're not happy."

"It's kind of the same thing for me," Alex admits. "In Texas, my work as a gynecologist became difficult. I decided to take early retirement. And a few months later, I divorced."

"You had a tough year," he says, lightly stroking her hand.

Alex and Richard have a lot to talk about. They don't notice the time passing. They talk nonstop. They don't realize that the other customers have left and that they're the only ones left in the restaurant.

Alex hasn't felt attracted to another man since her divorce. But tonight, with Richard everything is different.

After an intense chocolate mousse and a long coffee, Alex looks at her watch.

"It's almost midnight," she says. "It's time for me to go back to the hotel."

"Are you like Cinderella?"

"Exactly, but I hope that I won't lose my shoe."

Alex and Richard leave the restaurant. It's a little cold outside. Alex shivers. Richard puts his jacket on Alex's shoulders.

"Let me walk you back to your hotel," he says.

CHAPTER 15 EXERCISE

In this chapter, Alexandra uses the expression *cerise sur le gâteau* (icing on the cake, or to top it off -- literally the cherry on the cake). Do you know the following expressions?

1. What does *avoir la pêche* mean?
   a. *être en colère* – to be angry
   b. *être fatigué* – to be tired
   c. ***être plein d'énergie*** **– to be full of energy**
2. What does *raconter des salades* mean?
   a. ***dire des mensonges*** **– to tell lies**
   b. *dire la vérité* – to tell the truth
   c. *parler tout le temps* – to talk all the time
3. What does *être bonne poire* mean?
   a. *être méchant* – to be mean
   b. ***être naïf et trop gentil*** **– to be naive and too nice**
   c. *être courageux* – to be courageous
4. What does *compter pour des prunes* mean?
   a. *être important* – to be important
   b. *être triste* – to be sad
   c. ***ne pas être important*** **– to not be important**
5. What does *être haut comme trois pommes* mean?

   a. *être grand* – to be tall
   b. *être intelligent* – to be intelligent
   c. ***être petit* – to be small**
6. What does *être rouge comme une tomate* mean?
   a. ***être embarrassé* – to be embarrassed**
   b. *être en colère* – to be angry
   c. *être bronzé* – to be tan

CHAPTER 16

Alex and Richard hold hands all the way to the hotel. They don't speak to one another. They don't need to speak.

A shooting star crosses the sky.

"You need to make a wish," says Richard. "It's the tradition."

Alex smiles at him.

"Where I come from, it's also a tradition to make a wish when you're lucky enough to see a shooting star."

Alex stops walking. She closes her eyes. She wonders what wish she'd like to make.

Would she like her ex-husband Philip to come back in her life? Absolutely not. Would she like to have a better relationship with her daughter Bianca? Certainly, but not tonight. Tonight, she'd like to use her wish for something else. Something more personal. Alex would like Richard to kiss her. It's that simple. That's her wish.

"OK. I made a wish," she says, opening her eyes.

"Perfect."

"Want to know what it is?"

"No. Don't say a thing if you want it to come true."

"You're right. I won't say a thing."

It's funny how quickly people can change their minds. Alex was certain that she wanted a kiss, but two minutes later, she was scared. My God! Why did she use that wish for a kiss? It's stupid.

She's like a teenager. Questions are rattling around in her head. Do the French kiss like Americans?

"The stars are shining in the sky," says Richard. "It's so romantic. Don't you think so, Alex?"

But Alex didn't hear him. She's still in her inner monologue: "I've never kissed another man beside Philip, my ex-husband. My God, I don't know how to anymore."

"Alex? The stars shining in the sky," Richard repeats, "are romantic, aren't they?"

"Of course. Pardon me. I was lost in thought."

Alex and Richard arrive at the hotel. They look at one another. Richard takes both of Alex's hands and, in the most natural way, he slowly pulls Alex's body towards his. Their faces are very close now.

"I'm not sure..." Alex starts.

She doesn't finish her sentence. Richard's lips landed on hers. They're soft and warm. This kiss is marvelous.

They kiss a second time, and a third time.

"I like kissing you," Richard murmurs.

Alex looks at the sky and thanks her lucky star.

CHAPTER 16 EXERCISE

In this chapter, Alexandra and Richard kiss for the first **time** (la première **fois**).

In the following sentences, do you write the word *fois* or the word *temps*?

1. Elle l'a embrassé deux **fois**. — *She kissed him twice.*
2. Il est **temps** de penser à l'amour. — *It's time to think about love.*
3. As-tu le **temps** de dîner avec moi ? — *Do you have time to have dinner with me?*
4. Il était une **fois** un homme et une femme sur la promenade des Anglais. — *Once upon a time, there was a man and a woman on the Promenade des Anglais.*
5. Quel **temps** fera-t-il demain ? — *What will the weather be like tomorrow?*
6. C'est la première **fois** qu'elle visite Nice. — *It's the first time she's visiting Nice.*
7. Avec le **temps**, elle comprendra. — *With time, she will understand.*
8. Je pense à toi tout le **temps**. — *I think about you all the time.*

9. C'est la dernière **fois** que je te le dis. — *This is the last time I'm telling you.*
10. Le **temps** passe vite quand on est amoureux. — *Time passes quickly when you're in love.*

CHAPTER 17

In the hotel elevator, Richard and Alex kiss passionately. These aren't the tender kisses from a little while ago.

"I love your mouth. I love your lips," murmurs Richard.

The temperature in the elevator rises a few degrees. Alex's body trembles with desire.

"Me too, I love your mouth," says Alex.

Because she hasn't kissed a man in a long time, Alexandra feels awkward.

"I love the smell of your skin," Richard says to her, kissing her neck.

"Me too, I love the smell of your skin."

Alex tells herself that she needs to try harder and use more imagination. She needs to stop repeating what Richard says like a parrot.

"All during dinner, I wanted you," she says to him between two passionate kisses.

The elevator doors open on the fourth floor. Richard and Alex both only have one thing on their minds: to get physically intimate.

"Follow me," says Alex, taking him by the hand. "It's this way."

In front of the door of room 471, Alex searches for her room key in her purse. Her hands are shaking with excitement. Richard is right behind her. She can feel Richard's body heat. Desire is welling up in her. She wants to open the door, fast. She wants him so badly that her whole body aches. She thinks she's never felt such intense desire.

"I found the key," she finally says. "Come quickly."

The two lovers enter the room together. They're hanging on each other. They can't wait any longer. They're hungry for touch.

Richard pushes Alex against the door that just closed. They're standing up, pressing against each other. He looks into her eyes.

Richard's hands fondle her breasts over her dress. Alex moans with pleasure.

"I want you," Richard tells her.

Richard unbuttons Alex's dress. The dress falls to the floor. Alex is almost naked. He looks at her body.

"You're magnificent," he tells her.

It's been forever since a man used these words with her. She feels her heart beating hard in her chest.

"You're superb," he repeats.

Alex unbuttons Richard's shirt. His chest is muscular and tanned by the sun of the French Riviera.

Richard gently lowers the straps of her lace bra.

You're sublime," he says to her, caressing her shoulders. "Your skin is so soft."

Alex unfastens the belt on Richard's pants.

"Make love to me," she implores him. "Make love to me, right now."

Suddenly, the lights in the room go on. The light is white and blinding. The two lovers close their eyes.

"Mom???"

"But Bianca, what are you doing here?"

CHAPTER 17 EXERCISE

Alexandra invited Richard to her room. But it wasn't an invitation to play a guessing game...

Guess which word completes these sentences.

surprise, ascenseur, ceinture, hôtel, livres, heure, clé, étoile

surprise, elevator, belt, hotel, books, time, key, star

1. Il aime collectionner les **livres** anciens. — *He likes to collect old **books**.*
2. Elles préfèrent dormir à l'**hôtel**. — *They prefer to sleep at the **hotel**.*
3. Leur avion est arrivé à l'**heure** à Nice. — *Their plane arrived on **time** in Nice.*
4. Ils se sont embrassés dans l'**ascenseur**. — *They kissed in the **elevator**.*
5. Il faut faire un vœu quand on voit une **étoile** filante. *You need to make a wish when you see a shooting **star**.*
6. Il a mis une **ceinture** à son pantalon. — *He put a **belt** on his pants.*
7. Elle cherche la **clé** de sa chambre dans son sac. — *She looks for her room **key** in her purse.*
8. Sa fille lui a fait une belle **surprise**. — *Her daughter gave her a nice **surprise**.*

CHAPTER 18

"How could you do that?" asks Bianca angrily.

"My dear, I didn't know that..."

Alex is ashamed. She'd like to hide in a mouse hole and never come out again.

"You've been in France for just three days and here I find you with a man."

It's a real nightmare.

"Let me remind you that you just got a divorce," adds Bianca.

"I can explain..."

"I don't want your explanations. Look at yourself with

your stupid haircut and teenager's dress. You aren't 16 years old anymore. You're almost 60!"

Her daughter is right. What was she thinking? A fling with a man she's only known for two days.

"I can explain," repeats Alex.

"That's not necessary. I've already seen too much. I'd planned to surprise you by coming to see you in Nice. And this is what I find!"

Alex is so shocked, she doesn't notice that Richard isn't there anymore. He no doubt thought it better to let mother and daughter talk it out among family.

Bianca puts her suitcase on her bed. Alexandra looks on helplessly.

"Don't leave," she begs her.

"I'm not staying here one more minute."

"I didn't think you'd come, Bianca. You told me you didn't have time."

"I wanted to surprise you."

Bianca puts her coat over her pajamas and puts on her tennis shoes.

"Stay with me, my dear."

"I'd rather sleep in another room tonight."

"Maybe the hotel is full," worries Alexandra.

"If that's the case, I'll contact Jessica. *She* would be happy to see me. Not like you!"

Bianca takes her suitcase and leaves the room, slamming the door.

Alex doesn't hold it against her. She would have done the same thing in her shoes.

"Why did I agree to this trip?" Alex wonders, crying.

Alex is alone in the room. Richard and Bianca are gone.

Alex disappears into the bathroom. She removes her makeup and takes a long, hot shower. She puts on her nightgown. Alex feels old and tired.

She gets in bed. Before turning out the lights, she looks at her mobile phone. Neither Bianca nor Richard texted her.

She hesitates to write a message to Richard to tell him that she's sorry and that she didn't know that her daughter would be there. She starts a text then immediately deletes it. She writes a few lines again but decides to shut off her phone without sending her message.

"I'll write to him tomorrow."

Alex closes her eyes, but she knows she won't manage to sleep tonight.

CHAPTER 18 EXERCISE

When Alexandra and her daughter are reunited, it's difficult.

To keep the same vibe going, I offer you a difficult exercise with the subjunctive. Do you choose the verb in the infinitive or the subjunctive?

1. Je ne pense pas que Bianca **doive** dormir dans une autre chambre. — *I don't think that Bianca should sleep in another room.*
2. Je pense que Richard **est** un homme bien. — *I think that Richard is a good man.*
3. Quel dommage, Alexandra ne **va** pas connaître l'amour ce soir. — *Too bad, Alexandra won't experience love tonight.*
4. Il faut que Richard **soit** patient avec Alexandra. — *Richard needs to be patient with Alexandra.*
5. Alexandra a peur que sa fille ne **vienne** plus. — *Alexandra is afraid that her daughter won't come anymore.*
6. Pendant ce temps, Jessica **dort** tranquillement dans sa chambre. — *During this time, Jessica is sleeping peacefully in her room.*

CHAPTER 19

Tonight Alex woke up at 2 in the morning and couldn't get back to sleep before 6. Will Bianca forgive her some day? Will her relationship with her daughter always be so difficult?

It's noon by the time Alex finally goes downstairs to the hotel restaurant.

She notices Jessica and Bianca. The two women are sitting at a table near the window. They're drinking a glass of white wine while looking at the lunch menu. Alex isn't very hungry and she feels slightly nauseous. She walks over to her friend and her daughter, the two women she loves the most in the world.

"Hi you two," she says, taking a seat.

"Hi," says Jessica.

"Hey," says Bianca coldly.

"How did you sleep?" Jessica asks her.

Jessica doesn't know what to say or what to do to lighten the mood between mother and daughter. This morning, Jessica was surprised to see Bianca at the hotel check-in desk. Bianca told her everything.

"The salads are really good here," says Jessica. "I ate one last night. I think it was the shrimp salad."

Bianca and her mother aren't listening to her. They're staring off in opposite directions.

"This afternoon," Jessica continues, "I'm going to hear professor Ribot. He's going to present the results of his research on the dangers to adolescents of artificial intelligence. What about you? What are you going to do?"

Silence.

"What about you? What are you going to do this afternoon?" She repeats a little louder.

Silence.

Suddenly, Alex's phone starts to vibrate on the table. Alex looks at the screen. Bianca rolls her eyes.

"Really mom, leave your phone alone. You're worse than a teenager."

Alex looks at Jessica.

"It's a text from the antique dealer. He's writing about the box."

"What did he write?" Asks Jessica.

Alex reads Richard's text aloud:

> I have some very good news about the letter that you found in the box. Come see me at the shop.

"He already heard back," says Alex. "I wonder what his friend found."

"It's quite an interesting story," says Jessica. "Let me know what happens next."

Bianca looks at her mother and her friend, curious.

"What's this story you're talking about?" Asks Bianca.

CHAPTER 19 EXERCISE

Alexandra is at the restaurant with her daughter Bianca and her friend Jessica.

Can you translate these 12 words and find the four words that are not foods?

1. un jambon — *a ham*
2. une courgette — *a zucchini*
3. **une punaise de lit** — *a bedbug*
4. un pamplemousse — *a grapefruit*
5. une crevette — *a shrimp*
6. **un savon** — *a soap*
7. une aubergine — *an eggplant*
8. **une ceinture** — *a belt*
9. une pastèque — *a watermelon*
10. un avocat — *an avocado*
11. un citron vert — *a lime*
12. **un vœu** — *a wish*

CHAPTER 20

The waitress sets three large salads on the table. Jessica and Bianca chose the salmon salad, and Alex chose a salad with croutons and goat cheese. Everything looks very appetizing.

“Enjoy your meal,” says the waitress before she disappears.

While Bianca and Jessica start to eat, Alex explains how she found an old letter.

“Two days ago, I went into an antique shop. I was looking for a gift for you, my dear. And I bought you a beautiful 18th-century carved-wood box.”

“You’ll see, Bianca,” says Jessica, “the box is really striking. I think it’s a jewelry box. Don’t you think so, Alex?”

Alex nods her head yes and keeps telling the story. While she does, Jessica and Bianca eat their salads.

"In my hotel room, I got scared that the box might have bedbugs. I didn't want to put the box in my suitcase. So I removed all the fabric that lined the inside of the box."

"You removed the fabric from an 18th-century box?" asks Bianca, horrified.

Alex understands why her daughter is angry. She adores objects from the past. Bianca also needs to understand that her mother can't stand insects, especially bedbugs!

"So," Alex continues, "I removed the fabric from the inside of the box, and because I did, I found a little envelope that was hidden under the fabric."

"An envelope?"

"Yes, an envelope, and on that envelope it said, 'My dear Benjamin' and the initials ALBJ."

"That's all?" says Bianca, disappointed. "That's the story?"

"Richard told me that..."

"Richard?" asks Bianca. "Who is Richard?"

Alex blushes thinking about Richard in her hotel room last night, but she keeps going.

"The antique dealer told me that the box's owner was Madame Brillon de Jouy."

"Madame Brillon de Jouy owned the box?" asks Bianca, suddenly very interested.

"That's what the antique dealer told me."

Bianca stops eating her salad.

"Are you sure? Madame Brillon de Jouy?"

"That's exactly what I just said, Bianca."

"Madame Brillon de Jouy?" says Bianca, her voice getting louder.

"Do you know her?" asks Jessica.

Bianca doesn't answer the question. She continues her line of questioning.

"What's written in that letter?"

"I don't have an answer for you. I didn't open it. The paper was too fragile, too thin. I didn't want to ruin it. I only know that on the envelope, it said, 'My dear Benjamin' and the initials ALBJ."

Bianca stands up.

"I can't believe it," she says. "That's huge."

"Huge?" says Alex. "Why?"

"Madame Brillon de Jouy is very famous for having been Benjamin Franklin's close friend and maybe even his lover. This letter can have very important historical information. We're going to the antique store right away, mom," says Bianca.

CHAPTER 20 EXERCISE

Alexandra tells her daughter how she found an envelope hidden in an 18th-century box. Bianca wants to know more.

Can you find the right subject for each of these sentences?

elles, il, nous, vous, je, tu, on, elle

1. **Elle** est contente de parler avec sa fille. — *She's happy to speak with her daughter.*
2. **Nous** mangeons une salade aux crevettes. — *We're eating a shrimp salad.*
3. **Il** est parti rapidement de la chambre d'hôtel. — *He quickly left the hotel room.*
4. **Vous** avez lu la lettre ? — *Did you read the letter?*
5. **Je** suis arrivée à Nice il y a deux jours. — *I arrived in Nice two days ago.*
6. **Elles** ont parlé de leur soirée. — *They talked about their evening.*
7. **Tu** as entendu quelque chose ? — *Did you hear something?*
8. **On** est allés se promener sur la plage. — *We went for a walk on the beach.*

CHAPTER 21

A light rain is falling in Nice. Alex is being careful not to slip. Bianca goes ahead of her. She can't wait to learn more about that letter.

"C'mon, walk faster, mom," says Bianca, taking her mother by the hand. "Speed it up a bit."

Alex smiles. She's very pleased to take her daughter by the hand. Bianca seems to have forgotten what happened last night.

"If it's what I think it is, this could be huge," says Bianca. "This letter, if it's really for Benjamin Franklin, is an outstanding discovery."

The two women, out of breath, reach the store. Alex tries

to open the door, but it's closed. She knocks once, twice, but there's no answer.

"What time is it?" Alex asks her daughter.

"It's 1:30 pm."

"I don't know if the antique dealer is in his store. Normally, the store is closed from noon until 2 pm."

Alex knocks louder.

"Is anyone there?" she yells.

"One minute... be right there," answers a voice from behind the door.

The door opens. Bianca takes a step back. She's surprised to see that the antique dealer is the same man she saw last night. The man who had his face buried in her mother's chest.

Richard, too, is surprised to see Alex's daughter. He also takes a step back.

"You???" says Bianca. "I was hoping I'd never see you again."

Bianca isn't sure she wants to go in. But Alex is still holding her daughter by the hand. Bianca has no choice but to follow her mother. They go together inside the antique shop.

"Thank you, the rain is picking up," says Alex.

It's dark inside. Richard turns on his desk lamp. Bianca looks at all the old objects around her. She's so captivated that she almost forgets how angry she is.

"We'd like to have the news about the letter," says Bianca sharply.

Richard turns toward Alex. He smiles at her.

"I contacted my friend who works at the Louvre. And what luck! He's attending a conference at the Picasso Museum in Antibes, a city very close by. I was able to bring him the box and the envelope. With his connections at the Picasso Museum, he was able to read the letter with a scanner without opening the envelope."

Richard grabs the box, which is on his desk.

"So?" asks Bianca, impatiently. "What did your friend find out?"

Richard looks at the two women. The resemblance is striking. They're the same height, with the same hair and the same face.

"In the letter, Madam Brillon de Jouy delivers very good news to Benjamin Franklin," Richard begins.

CHAPTER 21 EXERCISE

Alexandra and her daughter went to see the antique dealer. They want to have information about the letter.

Complete these sentences.

1b) Alexandra a eu **beaucoup** de chance de trouver cette lettre. — *Alexandra was very lucky to find that letter.*

2c) Richard a un ami qui travaille au musée du Louvre depuis **dix ans**. — *Richard has a friend who's been working at the Louvre for ten years.*

3a) Bianca n'est **jamais** allée à Nice. — *Bianca has never been to Nice.*

4b) Richard et Alexandra ont dîné **ensemble** hier. — *Richard and Alexandra had dinner together yesterday.*

5b) Bianca fait des études d'histoire **à Paris**. — *Bianca is studying history in Paris.*

CHAPTER 22

"What kind of good news?" asks Bianca, impatiently.

Richard looks at Alexandra's daughter. He smiles at her and calmly continues talking.

"The letter is dated July 21st, 1778. That year, Benjamin Franklin is an ambassador in Paris. Did you know that he was the first American ambassador in France?"

"Yes, of course, I knew that," says Bianca sharply.

"Well *I* didn't know that," says Alexandra.

"He played a major role in the development of Franco-American relations," Bianca adds. "Benjamin Franklin was in France to raise money for the American colony."

Richard looks at his phone. His friend from the Louvre sent him the complete text of the letter by email.

"At that time, Benjamin Franklin was a widower," he says. "He appreciated women, and women appreciated him. And apropos, Madame Brillon de Jouy's letter is about love."

Richard starts to read the letter from his phone.

Dear Benjamin,

It's with great pleasure that I take up my quill to write to you today. I wanted to give you the good news without delay. I am pregnant. Soon, it if be God's will, we will have a little Benjamin. I hope this news brings as much pleasure to you as it does to me.

I hold you in my thoughts.

Your favorite Frenchwoman

"Madame Brillon de Jouy was carrying Benjamin Franklin's child!" says Bianca.

"It's incredible, isn't it?" says Richard.

"So there might descendants of this founding father of the United States here in France?" Bianca wonders.

"Perhaps another connection between our two countries," says Richard, looking at Alexandra.

The attraction between them is still palpable. The American woman and the Frenchman are really attracted to one another.

"Bianca," Richard begins, "once my friend from the Louvre has returned the letter to me, I'd like for you to take it with you to Paris."

"Really?" says Bianca.

"Of course, if your mother agrees. After all, she's the one who bought the box."

"I bought the box as a present for you, my dear," says Alex. "So that letter is for you."

"That would be absolutely sensational. I could show it to my thesis advisor."

Bianca moves closer to her mother.

"Mom, thank you for the present," she says, kissing her mother.

"You're welcome, my dear."

"Maybe I can study the influence of women in the creation of the United States of America?"

"Or the influence of women in Franco-American relations," adds Alex, looking at Richard.

Bianca decides to leave Richard and her mother alone.

"The rain stopped," says Bianca. "I'm going back to the hotel."

"Go ahead, my daughter. I'll meet up with you later."

Now that Bianca has left, Alex turns towards Richard.

"You disappeared kind of quickly last night," she says.

"That's true."

"I'm sorry. I didn't know that my daughter would come find me in Nice."

Richard takes Alex's two hands in his.

"Will you come to my place?" he asks. "I live right next door to here. And in my apartment, we won't be disturbed."

"Maybe that's not a good idea," Alex replies.

He looks into her eyes. She thinks he's incredibly charming. She can't resist him.

"I'm inviting you to come have coffee or tea, just as friends."

"I don't know," she says shyly.

"I also have cheese and excellent country bread."

"You know how to talk to American women," says Alex with a smile, "cheese and good bread! I accept your invitation right away."

CHAPTER 22 EXERCISE

In this chapter, we learn that Madame Brillon de Jouy wrote to Benjamin Franklin on July 21st, 1778.

The year 1778 is written as *mille sept cent soixante-dix-huit* (one thousand seven hundred seventy-eight).

Can you write in words these important dates in the creation of the United States?

1620 (Arrival of the Mayflower):
mille six cent vingt

1776 (Declaration of Independence of the United States):
mille sept cent soixante-seize

1783 (Treaty of Paris: Great Britain recognizes US independence):
mille sept cent quatre-vingt-trois

1787 (Adoption of the Constitution, signed in Philadelphia):
mille sept cent quatre-vingt-sept

CHAPTER 23

"I'm sad to leave Nice," says Alex.

"Unfortunately, we have to go back to the United States," says Jessica. "I hope that this trip went well for you?"

"Absolutely. It was amazing."

The plane took off from the Nice airport early this morning. In a few hours, it will land at the Philadelphia airport. And three hours later, a second plane will bring the two friends to the Dallas airport.

"Thank you, my friend, for inviting me. I had a fantastic trip."

"I'm happy for you."

"And that incredible story about a letter addressed to Benjamin Franklin! It's an incredible discovery."

"I hope that your daughter will use it for her doctoral degree."

Alex's face is glowing and peaceful.

"You look radiant," Jessica tells her friend.

"I feel ten or fifteen years younger," says Alex. "I got my energy back."

The plane is flying above the clouds. Everything is calm at that altitude.

"I'm curious. I haven't seen you these past forty-eight hours," says Jessica. "I imagine that you were spending them with Richard, the handsome French antique dealer."

"You're right."

"Tell me everything!"

Alex slowly drinks her Champagne. She's uncomfortable and a little ashamed of the idea of sharing with her friend what she did these past two days.

"Are you blushing?" says Jessica. "Now I really want to know everything."

"This Champagne is excellent," says Alex, stalling for time.

"You're right, my pretty. Life is too short to drink Prosecco."

The Air France personnel start serving lunch to the passengers.

"Do you have any news from your daughter?" asks Jessica.

"Bianca is doing very well. That letter gave her ideas for her doctorate degree in history. And she's going to come see me in Texas for Christmas."

"I'm very happy for you," says Jessica.

"I'm starving," Alex sings.

"I haven't seen you so happy in a long time," says Jessica. "Was it meeting Richard that changed you?"

Alex looks at her friend and smiles at her.

"Those few days with him opened me up to life and to love!"

"What did you do?" asks Jessica. "Did you go to the museum?"

"No, we didn't go to the museum."

"Did you visit Monaco or Èze? I've heard that the city of Antibes is very pretty."

"No, we didn't visit the cities of Monaco or Antibes."

"Did you drive to Vence to see the Matisse chapel?"

"No, we didn't drive to Vence."

"So what did you do?" asks Jessica.

Alex's eyes glimmer.

"We stayed at his place, in his bed."

"You stayed in his bed for forty-eight hours!"

Alex blushes even more. Her friend looks at her, smiling.

"And to think that you were possibly making love to a descendant of Benjamin Franklin!" Jessica jokes. "That's completely nuts."

The two friends laugh together while drinking a little more Champagne.

"I made an important decision," says Alex.

"What was that?" asks her friend.

"I decided to go back to my work as an ob-gyn. I like my work too much. I miss it."

"That's an excellent idea."

The two friends finish their glass of Champagne.

"And when work becomes too tiring," adds Alex, "I'll go spend a few days in Nice to recharge my batteries."

THE END

ABOUT THE AUTHOR

France Dubin lives in Angers, France. She has taught French for more than ten years to students of all ages.

She decided to write books in easy French so that her students could read in French by themselves or with only a little help.

She loves to hear from her readers, and she enjoys speaking at French book clubs. Here are ways to keep in touch:

Send an e-mail to francedubinauthor@gmail.com.
Join her mailing list at francedubin.com.

instagram.com/books.in.easy.french
youtube.com/francedubin
facebook.com/FranceDubinAuthor
linkedin.com/in/francedubin

www.ingramcontent.com/pod-product-compliance
Lightning Source LLC
LaVergne TN
LVHW091125080826
845145LV00008B/2049

* 9 7 8 1 9 6 0 0 0 3 1 1 9 *